豊かに生きる

——短歌で語る人生論——

新野　順

ラグーナ出版

はじめに

はじめまして。私はしばらく前より色々な本を読み、その内容を自分なりに理解し、短歌に詠んできました。今回それらを項目別にまとめ、本にしてみることにしました。色んな人の思いがひとつのテーマのもとに並んでいますので、面白いものが出来たのではないかと思っています。短歌は簡潔な描写なので、読む人が自分の経験に照らし合わせながら、自由に思いを膨らませて楽しんでくれれば本望です。参考にした本は、巻末に一覧で表示しています。この本が何か読む人に、生きるヒントを提供できるなら、それに勝る喜びはありません。なお、私は氣の字を使っていますが、この字の米は四方八方にあまねく広がるさまをあらわしています。気の字のメだと氣を留めることを意味するので、本来の意味を正しくあらわせないと藤平光一氏に教わりました。最後になりますが、編集の労をとっていただいたラグーナ出版の川畑善博代表と編集の鈴木巳貴氏に、心よりお礼申し上げます。

豊かに生きる——短歌で語る人生論　目次

第四章　学ぶ

第五章　交わり

第六章　心

第七章　経験

第一章　喜ぶ

喜び

喜びをわけてあげたい心からそんな氣持ちを保てるならば
喜びの種を蒔きます喜びは次の喜び運んでくれる
お金では買えぬ楽しみ見つけては自分喜び人喜ばす
本当に感動をして燃えたなら人を育てる喜びを知る
後進の持てる優れた素質知りそれを引き出す事に喜び
頼られてあてにされれば嬉しくて多くに勝る喜びを得る
感動があれば喜びついてくる喜びこそが成功のもと
してあげる幸せを知り他の人の喜ぶ姿わが喜びに
経験をもとに独自のアイデアを出す努力など生き甲斐になる
何げない些細なことに喜びを見出す人になろうじゃないか
どのような境遇であれ喜べる事を探して元氣に生きる
浅ましい自分の所業反省しどん底を経て喜びを知る
お悩みが長く深くて真剣であれば頂く悦び深し
悲しみの日には悲しみ通さねば見えぬ喜び探してみよう

作品を見たら心がなごんだよそれが一番嬉しい作家

喜ばす

自分には何で他人を喜ばすことができるか考え動く
他の人を喜ばそうという心芯に持つなら魅力も増すよ
常日頃人喜ばすことすれば心のゆとり生まれてくるよ
人のこと喜ばせれば我が心穏やかになるお互い様だ
人のこと大切にするお人には喜びあげる心いっぱい
人は皆自身喜ぶ事よりも人喜ばすこと好むものかな
まず家族喜ばせたら次職場それができたら他人に及ぶ
夢無いが目の前の人喜ばすこと続けたら役割できた
他人から押し上げられて愛される人になるにはまず喜ばし
聞いている人が笑顔になる話時代経るとも不変と思う
目の前のまずはひとりを笑顔にしそれを互いにやりあい皆に
いま一歩踏み込み人を喜ばすそれは大きな力を持つよ

ちょっとした思いやりとか喜ばす心を皆が持ち合わすなら
どの人も喜ぶ顔は美しい喜ばそうと励んでみては
人生に期待通りは少ないが人喜ばす心で励む
他の人を喜ばせつつ身のまわり綺麗にすれば心落ち着く
どんな事してもいいけど喜ばすことをしようと心に決める

感謝

われ包むあらゆるものに感謝して日常送る素敵な暮らし
生きている限り全てに感謝して拝む心で成長続く
生きていることに感謝し満足の心を保ち幸せ招く
身の回りすべての事に感謝して生きれるならば心健康
おかげさまそう唱えつつ生きてれば必ず人が助けてくれる
いま得てるものを見付けて感謝するそんな氣持ちが幸せを呼ぶ
何事も積極的に善意にてとらえ感謝で生きてみようよ
心から感謝してればその氣持ち伝わるものだ誠意を持とう

思いやり感謝報恩満ちてれば運命きっとほほえんでくる
頂いたこのわが命感謝する心が努力する人つくる
不自由を経験したら揃うこと身に染み感謝するようになる
感謝する人は自分の苦しみや悩み小さく受け止めれるよ
感謝する心を持てば困難に直面しても打開ができる
打たれたら感謝しながら受け入れて全てに幸せ感じる人に
何事も当たり前だと感謝する心忘れて天罰受ける
感謝してありのままにて受け入ればマイナスすらもプラスに転ず
感謝こそ不平不満を根絶の思いであるね健やかになる
起きることすべて必然感謝して周囲の人のせいにはしない
ちょっとした人の好意に感謝して過ごして知恵の湧き出る人に
不幸とか失敗にあい腐らずに感謝のできる人なら確か
ハガキ書く原動力は感謝する心であるね縁味わって
世話になり感謝の氣持ち言葉にて出せば空しく感じる程に
小事でも大きく感謝できるなら困難来ても小さくできる

人間は助けあわねば生きられぬ身近な人に感謝をしつつ
感謝する心に勝るものはなし真の働きもたらしてくれ
感謝する氣持ち起これば間を置かず素直に伝えよい関係に
先祖とか自然に感謝忘れずに来る未来に責任持とう
自らが自分の道を切り開くそんな人には感謝が厚し
マイナスの事にも感謝するならば困難来ても打開ができる
ほめ言葉素直に受けて礼をして明日の自分を造ってゆこう
頂いたあらゆる恩に感謝して報いてゆこうそれこそ命

有難う

有難うそのひとことが確執を解くこともあり言葉は大事
有難うそれは魔法の言葉にて人の心を溶かしてくれる
有難うそのひとことで区切りつき人の心が安らぐことも
有難いもったいないと心から思える人は幸せになる
有難うそう感謝する言葉から報恩心が作られてゆく

有難うそんな氣持ちで過ごそうよ当たり前だと傲慢《ごうまん》きめず
　＊傲慢：おごり高ぶって人をあなどること。見くだして礼を欠くこと
有難うその反対は当たり前氣の持ち方で随分変わる
当たり前そう思ったがさにあらず有難いなと思え安らぐ
寝たきりで人の手助けばかりでも有難う言い人喜ばす
有難う心をこめてありがとう恩返しします行動します

有難さ

人としてこの身頂く不思議さを有難く受け日々生きさろう
生かされていると感じて有難いそう思いだし輝いてきた
労せずに与えられては有難さなかなか肌で実感できず
毎日の食事の世話も十年で一万回だ有難きこと
炊事とか洗濯掃除してもらい当たり前だと思っていたが
嘘ついて本氣で蹴りを入れられた子供の頃の記憶が嬉し

感動

生きるとは感動をする事だろう感動せねば生きる意味ない
生きるとは感動をする事である我感動し人に及ぼす
物事に深く感動できるには厚い関心持つことだろう
人生は感動あってこそだろう感じる人になるため掃除
命がけそんなふたりがぶつかって心が動き感動起こる
感動をすれば身体の疲れとか心の痛手癒されてゆく
感動が出来る人ならエネルギー再生されて疲れを知らず
感動をする体質を磨きあげいつも心の底から動く
徹底と継続こそが感動を共有できる要《かなめ》であろう
感動は元氣の元だ感動をする人けして疲れはしない
感動を味わう人であるならば組織も高め民族興す
人間は感動すれば勇氣湧き何でもできる目撃したよ
感動をしない人では何事も尻込みをして臆病である

物事に感奮興起《かんぷんこうき》する心少年のごと保てば良くて
＊感奮：感じて奮い立つこと
＊興起：勢いの盛んになること。意氣のふるい起こること

真心の深い行為は感動を人に与えて決して朽ちず
微力でも手抜きをせずに全力で取り組む人に感動覚ゆ
懸命に取り組むなかで他の人を感動させてこその人生
感動をすれば知識がどんどんと新たに入りいつも新鮮
感動をすれば記憶に残ります努力せずとも自然に覚え
感動をすれば勇氣が湧いてきて臆病風もいつしか消える
感動は細部に宿る手間ひまをかけた氣遣い心に届き

幸せ

幸せになりたいならば人のこと幸せにする努力をしよう
幸せになりたいならば幸せを周囲に与え役立つことだ
身を献じ多くの人を救ったが自身最も幸せもらう

救われた人の喜び確かだが救った人の喜びさらに
人のため尽くす暮らしが結局は幸せであり楽しいと知る
他の人に親切にして人のため己を尽し幸せそこに
幸せな人生送るそのコツは些細でもいい人喜ばす
どうしたら人が喜び幸せになれるかいつも考え動く
してもらい自分で出来てしてあげるその順番に幸せ深く
若くてもあげる幸せ身に着けた人は居るものそれが本物
してあげる幸せできる人ならば善良な人集まってくる
幸せでたまらないかに振舞えば氣持ちそうなる不思議なことに
幸せは足るを知るなか訪れる欲を出したらそれ限りなし
幸せな人ほど人に不快感与えぬものだ幸せ探そ
金力や権力得ても幸せはやってはこない二義的だから
はためから幸せだとは見えぬのに幸福感にあふれる人だ！
人のこと心の底から信じれるならばどれほど幸せだろう
幸せは何であるかと聞かれたら不安を持たぬ心と言おう

幸せは今の自分が幸せと氣付くことかな今あるもので
幸せを探してみようちょっとした出会いにそれがあるかもしれぬ
幸せといえることでも当たり前そう感じては充たされないよ
幸せは苦しいことを乗り越えて達成をして得られるものだ
幸せは贅沢に無く幸せを教えてくれる人持つことに
幸せは我の心が決めるものきっちり自分主役を取ろう
人生の幸せはなに毎日を生ききってこそ味わい生まれ
努力してひとり静かに寛《くつろ》げば言うに言われぬ安らぎ感ず
弱者とか高齢者こそ受け入れて守り抜くなか幸せを得る
義務守り人の信頼得るならば真の幸せ味わう人に
自分だけ幸せになる事出来ぬ皆と分け合う心でいこう
自分さえ良ければよいと動いてもなかなか幸は得られぬものだ
身近なる人のおかげに氣付かねばいくら暮らせど幸せならず
この自分認めてくれる人あれば幸せ感じ光り輝く
縁あって仕事を共にしてくれる人に幸せあげると励む

幸せに自分だけではなれぬもの皆で幸せつかむと励む
幸せはいくら受けても飽きがこず与えて尽きず色褪《あ》せぬもの
いかほどの才能あれど傲慢であれば自他とも幸せにせず
現状を肯定しつつ有るものを活かしてゆけば幸せになる
幸せは義務の甘受《かんじゅ》の中にあり自由の中にあるものでなし
＊甘受：さからわずに甘んじて受けること

権利だけ主張したとて知れている真の幸せ味わえないよ
外面をいかに飾れど内面が粗末であれば幸せこない
本当の幸せそれは心中に生まれるもので色褪せぬもの
幸せは心ひとつで手に入るどう考えるどう感謝する
同じこと起きてもそれをどのように受け止めるかで幸福来る
心さえ満ち足りるなら境遇が如何なる時も安心である

豊かさ

普段から質素に生きて環境をきれいにすれば豊かさを得る

わがままで贅沢な事するほどに豊かさからは遠ざかるだろ

笑顔

電話でも笑顔たたえて話すなら笑顔相手に伝わりますよ
笑顔にて人と接する習慣をつくれば日々がすっかり変わる
笑いには痛みを減らす効果あり大いに笑い健康増そう
心から笑顔こぼれて新しい事にも興味なくさぬおばあ
笑顔はね人のためより我がためでワタシの心解きほぐされる
なによりも自然な氣持ちあらわした笑顔が人の魅力であるね
それほどの美人じゃないが根にもたず笑顔保てば異性が好む
誰にでも笑顔ふりまく人たろうそう決心し直ちにしたよ
いつだって笑顔忘れず接すれば安心与え心も解《ほど》く

笑う

笑うから楽しいのです毎朝を笑顔をつくることから始め

笑うなら免疫力もアップして心の健康体に及ぶ
楽しくて笑うのでなく笑うから楽しくなるサ高揚するよ
腹の立つこともこらえて笑うなら腹立つ自分バカらしくなる

楽しみ

人間は先に楽しみあるならば心にゆとり生まれてくるよ
生きがいは末に楽しみあればこそまず苦しんで楽しみ残し
よく見れば身近な事に楽しみが隠されている探してみよう
好きなもの見つける事に歳はなし楽しみくれるもの見つけよう
どのような状況であれなにがしか面白い事探せばあるよ
楽しみの種は身近にありますよ遠く探さず近くを見よう
目の前のやるべき事を無心にて打ち込みやれば楽しみ生ず
熱中ができる楽しみ持ちましょう潤いくれる潤滑油なる
創造の力のもとは趣味心忙しくても楽しみ持とう
呼び水を与えて人を活発化させる楽しみなかなかである

能力をフルに引き出し琴線《きんせん》に触れ合う仲が最高だろう
＊琴線：心の奥に秘められた、感動し共鳴する微妙な心情
休日をオフだと氣持ち緩めずに違う楽しみどんどんやろう
楽しみは程々にせよのめり込みかえって苦くなることもあり
楽しみに溺れるなかれ程々に味わってこそ心も軽し

楽しむ

日々起こるどんな事でも楽しんで過ごす心が原動力だ
熱狂ができるあなたは満点だそれこそ生きている喜びだ
楽しもうそうでなければ生きる意味無いではないか楽しんでこそ
物事の見方を少し変えてみてそれを自在に楽しむ人に
しみじみと心休まる趣を味わう人の楽しかるらん
どのような仕事をしてもワクワクと働く人は輝いている
あることを知っているより愛好しさらに進んで楽しみゆけば
ものごとは楽しむ氣持ち起きてこそ生活になり行動になる

ユーモア

ユーモアの心忘れず人ほぐし仕事楽しくこなしてゆけば
ユーモアは心をほぐす鎮痛の良薬である氣掛けてみよう
ユーモアは人の心を解きほぐす妙薬であるストレスも抜く
ジョークこそ身だしなみだね笑わせて人を満たして認められるよ
ユーモアをうまく使えば人として魅力も上がり立場も救う
辛いとき助けになるは笑いなりユーモア心忘れぬならば
ぎりぎりの場面としても勇者にはユーモア保つ心があるよ
ユーモアを保つ人には不屈なる精神底に流れているよ
真剣に生きた人ほどユーモアを身につけている真剣こそだ

満足

満足は事の軽重にはよらず自ら成してこそ得られるよ
したいことそれは周りを元氣にし我も幸せ味わうことだ
贅沢をする氣になればできるけどせずに楽しみふんだんな人

ささやかな成果としても努力して手に入れるなら満足を得る
ささやかな幸せであれ満足の出来る人こそ幸いである
常に今自己が対する境遇に満足をして暮らしてゆこう

第二章　頑張る

前向き

ものごとは心一つで劇的に変わりゆくもの前向きならば
わが心スイッチオンになったならやってる仕事輝いてくる
誇り持ち向上心を保ちつつ真心からの仕事をしよう
経験が無くてもけして尻ごまずやってみるなら展望開く
生きるなら積極的な期待感持って毎日過ごしてゆこう
前向きな氣持ち保って何事も振り返らずに執着せずに
やれば成るそんな氣持ちでわが心奮いたたせて航海しよう
新しい事に挑戦する心無くさずいつも前へ前へと
外界へ目を向けましょう生き生きと興味を持って活動しよう
過去の非を踏まえた上で前向いてそれを肥やしに精進しよう
失敗をしてもチャレンジし続ける人であるならそれが生き甲斐
物事が思い通りにいかぬ時大丈夫！だと自己言い聞かせ
できないと感じたならば自分には何ができるか探して動く
状況がつらい時でも我が持つプラスの事を探してみよう

自らが行き詰まったと思わねば事はまだまだ可能性あり
駄目だった事をくよくよ考えず新たな事に希望を託す
刑務所に入り窓から泥見るか星を見るかの選択のあり
失敗をしても氣持ちは腐らず前向きに出て幸せつかむ
わが過去の失敗などはすっぱりと捨てて前向き歩いてゆこう
つらい事経験しても前向きに捉え励めば良きこと起こる
人生はどれをとっても当たりくじそう信じつつ励んでみては
起きたこと考えすぎず心替え我がエネルギー先へ向けよう
マイナスの知識知っても流されずプラスの知識求めて上へ
大雨や突風いつか止むものだ希望捨てずに明日をつかめ
前向きの姿勢を出して貫けば人もつられて氣持ち高まる
前向きな人と交わり結ぶべし自分自然にいい方へゆく
本当に心動けば軽く背を押されるだけで前向き歩く
これからの事は何でも大丈夫肯定的に捉えて動く
どんな事起きてもそれをチャンスだと捉えほんとにチャンスにしよう

溌剌《はつらつ》といつも氣持ちを爽やかに保っていれば心にも花
ツイている人は想いの全体がプラスの向きに揃っているよ
問題が起きたらプラスに考えて自分を磨く機会にしよう

積極さ

一度しかない人生を光らせて活かさなければ生まれ甲斐なし
いい事と感じとことんそれに向け突っ走っての人生である
いつだって積極的に物事を工夫凝らして見事に仕上げ
人生を積極的に生きるなら常に健康運命上がる
何事も興味を持って向かうなら命豊かにする糧となる
あと一歩踏み出せないと悩むなら二歩踏み出して行動しよう
やる氣あり積極的に伸びようと努めていれば助けが入る
積極の心を保ちいっさいに不即不離にて虚心で生きよ

＊不即不離：お互いに付きもせず離れもしない関係を保つこと
＊虚心：心に何のわだかまりもないこと

積極は大切なこと一切に撹乱《かくらん》されず最善発揮
＊撹乱：かき乱すこと

数々の語り尽くせぬ窮地抜け積極さこそ根本と知る
人生の味を素敵に出すために人に興味を持つ人になれ
前向きで建設的な考えは人助けする中で強まる
不運なら教訓何と考えて福に変えよう積極的に
人のこと肯定すれば自己もでき積極的で謙虚になるよ
行動を起こせば障害ついてくるしかし氣にせずやれば越えれる
人のせいそう考えずお蔭さまそんなプラスの心になろう
マイナスの錯覚ばかりしてないでプラスのそれをしてみてはどう
マイナスと思える事も工夫して魅力発する武器へと変える
楽しくて得もするうえ為になるそんな企画をしてみませんか
眠れない夜があるならその時を自己省みる時間としよう
自らが燃えて他人に感動を与えるひとは疲れを知らず
やってれば良かったなどと後悔をしたくないからどんどんやった

靴揃えゴミを拾って常日頃ぱっと体が動きだすなら

熱意

熱意持ち想い行い本腰で追究すれば能力生きる
成功をかちとる要素多々あるが最重要は熱意であろう
熱意ある人は機敏で活氣あり生氣あふれて見りゃすぐわかる
熱意こそ物事をなす力なり無ければふりをする事からだ
手掛けたらそれに関する情報を多く集めて熱意高まる

志

志持ってる人は人間が必ず死ぬと心得ている
どのような志持つことこそが人生決める要諦《ようてい》である
＊要諦：肝心の点。大切なところ
志大きい人は他人からなかなか理解されにくいもの
志一度立てたら遠くとも止めず続けて人のお役に

志立てて初めて真価でる立てない人は酔生夢死《すいせいむし》だ
＊酔生夢死：何のなす所もなく、いたずらに一生を終わること
小欲を離れ大志という大き欲全うの道を歩こう
欲でない志こそ立てるべき自分らしさの発揮をしつつ
夢よりも志こそ尊くて人に役立つ自分目指そう
稚心去り英氣《えいき》養い志立てて学んで良き友を得て
＊英氣：活動する氣力。元氣

立志とは欠かせぬ姿勢人生に対する覚悟決めることなり
志それは若者だけでなく何歳であれ持つべきものを
宇宙では自然と調和保たれる人もそうなる志にて
志それは自分を導いて激励もする変わらぬ心
志高く保って実践は足元からだ日々怠らず
志立てて自分の立場にて力を尽くせ自反《じはん》しながら
＊自反：みずからの行い・考えをかえりみること。自己の反省
志立てて活動始めたら病氣もしない日々頂いた

志立てて歩めば苦労にも耐える大きな力が出るよ
志一度立てたら絶対に諦めないでやり抜くべきを
志一度立てたら感動をしつつ決して諦めずゆく
志高く掲げてなかなかに手が届かぬも励みがいあり
志立てて努力をすることが我のみならず国家の益に
志あれば如何なる暮らしでも自己の心は楽しみの中
辛いこと苦しいことを何回も経て志固く定まる
志確乎《かっこ》に持てば誰からもそれ奪われる氣遣いのなし
　＊確乎：たしかなさま。しっかりして動かぬさま

どん底の生活したが志あったおかげで卑屈にならず
わが氣分支配するのは志しっかり持って自分を律し
志それは自分と人のため自分だけなら欲望である
志立てて行動するなかに自他感動の姿があれば
どのような境遇であれ志高く保って自己を貫け
志それは他人や国のため役立つ道だ勇んでやろう

志高く保って身を清く住みなす人の誉むべきものを
志あれば努力も続けられいずれ何かの成果を掴む

目標

すばらしい目標持った人ならばささいな事は氣にならないね
目標は大きく立てて王道を歩む心で前進しよう
敵ゆるし忘れてしまう早道は大きな事に夢中になるだ
十年の遠慮があれば近憂も避けれるだろう目先を離れ
＊遠慮：遠い先々まで考えること。深い考え
目標を立ててみましょう今日はなに今月どうか一年ならば
雨過ぎて清らな眺め観るごとく心の晴れた人を目指そう
目標をつくり熱意を傾けて成せば新たに目標つくれ
目標を少し高めに設定し励む心が結果もたらす
ほどほどの目標立てて次々とそれ達成し大望叶う
人生の目的はなにそれは世に喜び感動与えることだ

男なら課題頂き任せられがぜんやる氣が出るとしたもの
いつだって自己の目標忘れずに頑張る理由確認しよう
目標はそのまま自分さらしても恥ずかしくない人になること
目標を高くかかげて実現に挑む人こそその道のプロ
いつだって高くて遠い処見て小我を捨てて奮闘しよう
目標を与えられたら張り切って工夫こらして能力発揮
ムダなくし成果をあげる人になるために氣が付く人を目指そう
できるだけ愚痴を言わずに毎日を心正しく努めてゆこう
身分とか職や貧富の差によらず正しい道を教える人に
誰にでも分け隔てなく温かく接する人を目指して成ろう
憂いなく事に惑わず懼《おそ》れない人こそ我の目指す様かな
行き届き主義と行動一貫しすべてのものを活かせるならば
祭礼に程よく馴染《なじ》み他の人の善行をほめ良き友持てば
思いやり恥をわきまえ譲りもし善悪ちゃんと判断しよう
慎んで寛大であり偽らず恵む心で敏速なれば

地位を得てその維持のため至らざる事をするのは理想無きから
世の中に貢献しつつ安定し生きてゆくのが目標だろう
憧《あこが》れは自己の暮らしに繋《つなが》がって活かされてこそ持ち甲斐のあり

理想

かくあれと自己の理想を描くべしそして現実しっかりと見て
心中に理想あるならそのことを強く念じて貫き通す
水のごとすごい力を持ちながら応変なるが理想であるよ
理想持ちそれに向かって情熱を沸かす暮らしで徳育てよう
理想持ちそれ空想にならぬよう氣をつけながら進歩を目指す
理想持ちそれが叶えばまた次の理想掲げて無限に進む
穏やかでうやうやしくて素直にてしまりがあって謙遜の人
北辰《ほくしん》が動かずにおり他の星がそれを回るの如くの人に
　＊北辰：北極星
真善美解してそれを願う者それが人間理想を持とう

慎みの氣持ち忘れず人知れず自分の理想掲げて歩め
理想持ち自身を練ってゆくならばその人なりの流儀ができる
性命の力に富んで氣魄ある暮らしすすめて活発であれ
＊性命：肉体のみでない、霊を持っているという意味で性命という

望み

はっきりと望みを持とうその姿勢貫きいつか高みに立とう
願望や夢が心にあるならば氣が充実し前向きになる

夢

お金から頂く幸も大きいが夢がもたらす幸さらに大
夢があり実現目指し励むなら素敵な世界拓けてゆくよ
夢あればその目標を具体化し張り紙をして氣持ち高める
夢こそは持つべきだけど力まずに打ち込みながら探すのもよし

希望

希望持ち心定めて歩むなら道はいつしか拓かれてくる
信念や希望があれば歳問わず青春である溌溂とした
情熱は喜びであり未来への希望があれば人は疲れず
幸せの種はだれしも持っているいつか芽を出す挫《くじ》けず励め

乗り越える

なにものか乗り越えた氣がいたしますもう精神は病まぬと語る
最悪の場面なりともそれ許し笑って過ごし最高にする
でこぼこの人生という道歩き徐々にバランス上手く取れだす
暗いとこ見てればいつか暗くなる明るいところ見つづけ成ろう
坂道も呼吸合わせて無理をせず登ればきっと苦しくないよ
悩むのは自分ひとりで十分だ人知れぬなか潜り抜けよう
お悩みが生じた時は他の人に親切にして悩みを減らす
夢語り人に無理だと言われてもへこまずゆける心が大事

行動をしつつ考え練る人は活きた知恵にも到達できる

自己を磨く

いつであれ遅くないのが自己つくり思い立ったがまさに吉日
よき人と出会うためには我磨き吸収できる素地をつくろう
切れる刃を砥石にかけて研ぐように努力続けて自分を磨け
わが心清らかなれば見聞きするすべて宝で心養う
思っても口には出さぬべきことをわきまえ自己の品格磨く
どんなこと起きてもそれに対応ができる自力を日々養おう
ハンディは自分鍛える妙薬だうまく捉えて向上しよう
精神や人格磨く時を持ちこの我がいのち全うしよう
スポーツし聖賢の書を読むことで光る人格築いてゆこう
臆せずに広く経験重ねつつ信念保ち人格を練る
心がけ立てて自分を存分に磨き仕事や国家に生きる
一生をかけて自分の人間を鍛え続けて風格つけよ

誠とは人に頼らずこのわが身育てる道だ尊いものだ
人のこときっちり観れる人居ればお手本にして我を磨こう
天からの我の素質は修養の如何で変わる道は開ける
内省を深めてゆけば中身でき風采態度変わってくるよ
いくつでも己磨きにきりはなしいつも前向き学ぶ心で
人のためやろうと決めてする事はやる氣に満ちて自分磨ける
自らの内面磨く人こそが国家・世界を高めてくれる
誰からも好かれる人がいるならばぜひマネをして自分磨こう
ありのまま自分を見せる勇氣持ち人間力を磨いてゆこう
ありのまま出せば指摘も頂ける人にぶつかり自分を練ろう
どのような客であろうと接客を自分を磨く機会と捉え
ひとはよく男を磨くと言うけれどそれでは足りぬ男を研ごう
自分こそライバルである昨日の自分を越える日を重ねよう
頼まれて〇・二秒で返事して実行重ね自分を磨く

勇敢に艱難辛苦《かんなんしんく》体験し知識も交え人物練ろう
＊艱難辛苦：困難に出会って、つらく苦しい思いをすること

人物を磨きたければすぐれたる人と書物に接することだ
心地良い言葉聞くより耳痛き話や無念ワタクシを練る
偉人とて元は凡なる人であるいかに自分を鍛えたかにて
小善もするには勇氣要るけれどしっかり果たし自分を磨く
自己流に限界のあり伸びるには基本練習欠かせぬものだ
我の価値人知らずとも氣にかけず己の資質ひたすら磨け
さんざんと屈辱的な目にあって弱者労る心が育つ
徳を積み直ちに認められずともいつか共鳴する人のあり
鹿児島の西郷さんを敬すのは彼が生涯修行したから
他人との競争離れ絶対の質の高さを追究しよう
道学びそれを身につけ実行し大所高所に目のいく人に
善行で人に好かれてあてにされ頼られがいのある人になる
自分だけ愛するようなことをせず執着離れ人間を練る

困難に遭った時こそ人として正道歩き自分を磨く

努力すも収穫のないことあるがその過程こそ自分を創る

東洋の思想を学び人として生きる理念を身につけてゆく

思いやる心の深さ大きさを高めてゆこう鍛えてゆこう

賢者見て斉《ひと》しからんと自己修め不賢を見ては我省みる

なすべきは自己を修めて慎みの心で人も安らかにする

なすべきは己を磨く師と友を選び自分を造ることかな

人でなく天を相手に自己尽くし人を咎めず自分を磨く

能力を高める努力するなかで人柄磨くこと忘れずに

学び得た道をしっかり保ちつつ実行力を磨いてゆこう

踏まれてもその都度ちゃんと起き上がり経験ばねに人間を練る

人間は必ず死ぬと自覚して時を惜しんで自分を磨け

約束は大小問わず誠実に対応重ね心を磨く

要領が悪くてもいい人真似をせずに自分の特徴伸ばす

克己

皆ともに喜びあえる勝ち方は我に勝つことそれに尽きるね
官能の欲求こそは自然の理否定をせずに克己《こっき》にむかう
＊克己：おのれに勝つこと。意志の力で、自分の衝動・欲望・感情などをおさえること

他人との競争よりもまず弱い自分正して自分に勝とう
自己が持つ甘え心に負けないでおのれに克《か》って事成し遂げる
＊克つ：おさえ難いものを努力しておさえつける。たえる

人生は挑戦である怠けたい心に挑み自己高めよう
この我を亡ぼすものは我自身徳を養い氣質磨こう
環境に左右されずにうろたえず悩み苦しみ抜け出る人に
人恨む氣持ち出たならつまらない事をしてると自身に言おう
安易とか良からぬとかを考えて心を無駄に使うの止める
自信あり信念固く媚びもせぬそんな人ならひとりも安し
＊安い：悩みがない。心のどかである

飽食を求めず家もそこそこでなすべき事は敏捷な人

他の人と競争してもきりがないそれをやらずに自己と闘う
常日頃自己に打ち克つ修行して変わる事態に対応しよう
学びつつ自分律《りつ》してどの人も受け入れられる寛容さ持つ
＊律する：おきてを定める。また、一定の規準によって処置する
楽をして素敵な仕事出来ません自己を律する厳しさ持とう
＊自己を（厳しく）律する：自分に課題を課し、それが実行出来たかどうかを、自分に問いかける

努力

コツコツと努力続ける姿勢こそ明日の栄光もたらすものだ
常日頃努力かかさず続ければ必ず先へ遅くてもゆく
可能性みんな持ってる努力してそれを伸ばして役立つ人に
身の丈を知って地道に努力するそんな態度で着々伸びる
迷いから逃れられぬと努力するそんな人こそ救われますよ
目標をたてて努力をするならばその過程こそ尊いと知る

他人より多く努力を傾けて秀れた人になろうじゃないか
性格は氣の持ちようで変化する部分もあるね努力は実る
自らの苦心努力で勝ち取ったさいわいこそがあてになるもの
むさぼらずいかりも去って愚かさを払う努力をする人ぞ良き
良く知ったことなら熱意持てますねそうでなければ知る努力から
努力こそ褒《ほ》むべきもので継続をすれば必ずひとかどになる
自信ないそれなら自信つく日までとにかくやろう自分で掴め
スッキリとするまで努力重ねたら自然体にて自分活かせる
頂いた時代と場所で最善の努力傾けおのれを成そう
聖人も我も人なり努力せば我も必ず人物になる
習慣が人格つくる良きそれを身につけようと努力をしよう
収穫の保障も無くて働いて努力自体を尊ぶ人に
頂いた境遇ちゃんと受け入れて微差を惜しまず努力重ねる
期待されそれに応じる努力して我が行いが深まってきた
努力して人間的な成長を目指すことこそ安らぎのもと

動き出すまでの努力に比べたら動いたあとは容易であろう
望むもの手に入れるため努力するその過程から多くを学ぶ
報われぬ努力のほうが大半だでもそれで良し努力に意義が
正しいと思うことほど地道なる努力続けて初めて実る
労せずにモノにしようと思わずに努力大きく成果小さく
世を救うことが難しと思うとも努力絶やさず死ぬまで続け
努力して成果なかなか出なくても努力が無駄になることは無し
努力したことはいつしか形変え人に成果をもたらすものだ
責任を果たすことこそ大事にて日々コツコツと努力をすれば
真剣に努力をすればその道の達人になる法則つかむ
どのような結果になるか知らぬから努力傾け力が出せる
鍋の水箸で回して渦できる小さな努力侮るなかれ
見返りを求めず日々を励むなか努力自体に意義見出そう
日々努力精進をして生きるなら清らな自性輝いてくる
ひとつずつ努力重ねて人からの評価に耐える自分をつくる

チャンスとは偶然でなし準備をしたえず努力をするなか得られ
生きてゆく場所が社会にあるからはそれを良くする努力続ける
本物にしびれ学んで取り入れて自分をつくる努力をしよう
人間は変えるべきもの努力して変わってこその人生である
善行を見たら感心だけでなくそれに近づく努力をしよう

励む

成功をするかどうかは真剣に達成目指し励んでるかだ
我が力フルに出し切り励むならイキイキとして満足を得る
何事も基礎練習が大切だしっかりやって力蓄え
いい事だそう思ったらまず自分ひたむきにやり人にも及ぶ
手掛けてるものに氣持ちを入れるならそれが大いに輝くだろう
簡単な事も手抜かず徹底し我が人生をおろそかにせず
不運でも正しいことを行って励んでいれば道も開ける
人として向かう方向過たず一日ごとに高めてゆこう

誰にでもできるが誰もできてないこと徹底し活路を拓く
善きことを見たら一途にそれ求め善からぬならば直ちに終える
勇猛な心を持とう困難に臆せず向かい精進しよう
他人からよくぞそこまでやりますねそう思われる人などどうか
怠けたり軽はずみでは事成らず天才とても勤勉の末
報われぬ作業励んだ経験が落胆しない性格作る
不得意な事があるなら克服をするぞと勇み邁進しよう
微力でも無力と違うわずかでもやれる事やり前進しよう
自己の持つ人間性を高めつつ人の為にと力を尽くす
現状に満足せずに常日頃スキルアップを重ねてゆこう
一生を貫く何か持った上それ続ければ大切にされ
壮大な思いを描き一歩ずつ実現目指し歩む人あり！
人物は我が能力の大半を世を正すため使うものかな
ゴールへの道は多々あり我にあう道を辿りて頂き目指す
些細でも良い行いを積み重ね人格練って徳ある人に

人みなにきれいで純な心あり縁大切に良き面のばせ
欲おさえ省みる日々重ねればきっとしっかり進歩をするよ
感じいい人になるにはよく氣づき工夫してみる繰り返しから
苦しんで開拓せねば本物になれないですよ頑張っていこ
人生は死ぬまで修行これでよしそう弛《ゆる》まずにたゆまず励め
決断は自分で決めた場合こそ踏ん張りがいもあるとしたもの
他の人が直面してる問題をわが事として行動変える
願望は些細な事を積み重ねコツコツやって実現するよ
何であれうまくなりたいそれならば練習重ね手本を真似よ
頼まれる事は試され事と知り予測越すほど頑張ってきた
美しい心の花を咲かすため絶えず雑草抜かねばならぬ
学問や修行を重ね努めれば自己の運命創ってゆける
頂いた場所で全力尽くすなら人間力も養われくる
環境の良し悪し問わず頂いた条件生かし花を咲かそう

下座行《げざぎょう》をすれば自分の行いを通し自ら学びを得るよ
＊下座行：自分の身を低くして、手足を汚すことを厭《いと》わずに行うこと

一道にどれほど命懸けてるかその度合いこそ人格決める
ひとつ道深めるならばその事が広がってゆき皆光りゆく
頂いた境遇のなか楽しみを見つけ使命をまっとうしよう
溢れ充つ生命力と楽天の氣質持ちつつ修練重ね
自己の持つ力惜しまず出し切って動き続けば尊重される
不合理を受け入れそれに取り組めば知恵と才覚育まれくる
なすべきに全力あげて取り組んで勤めあげれば幸福掴む
信号も必ず守り忍耐の心を鍛え社会に尽くす
小さきを悟り満足してないでその後の修行怠らずする
人ならば常に何かを行って創造せねば生きながら死だ
一点を突破するなら全面が打開してくるそう信じゆく
初めから自分限って諦めずやれるとこまでやってみるべき
善人に習い従い不善者は我省みるよき機会とす

少しずつ小さなことを積み重ねはるか大きな力にしよう
才能や知識だけでは覚束《おぼつか》ず人格磨き協調すれば
＊覚束無い：うまく運ぶかどうか疑わしい
自分には才能がなく実力もないと氣に病み改善図る
頑張りも過ぎると上手くゆかぬものひと休みして我欲を封じ

打ち込む

生涯にわたり打ち込むものあれば意欲の絶えず衰え知らず
みずからが苦労努力をしたことはすぐでなくとも自分に返る
ものごとを一心不乱にやる人は損得計る氣持ちも持たず
締切の有難きかなそれに向け今の自分の最善出せる
いつの日も何か打ち込むもの見つけ雑駁《ざっぱく》などは無縁としよう
＊雑駁：雑然としていてまとまりがないこと
喜んで己れを忘れ入りゆく感激できるもの見つけよう
励むならわが魂の感動を求めるべきだそんな氣持ちで

人生は二度ない大き冒険の機会であるね力尽くそう
他人からよい評判を立てられてそういう人になろうと励む
打ち込める何か見付けて励むなら想いもいつかプラスになろう
懸命にやるべきことをやったなら結果を天に任せるも良し
他人から絶対無理と言われても全力あげてやるのが楽し
集中し事に取り組むその時は無の感じあり心地良きもの
難しい事も食いつき励むなら面白いこと体験できる
目の前の事を毎日懸命にこなすなかから役割を知る
手始めは身近な人を喜ばすそれをとことん心を込めて
頼まれてそれは自分が試されていると受け止め全力尽くす
障害があれど料理に手を尽くすそんな頑張り人ら導く
頂いた役割を知りイキイキとそれ全うの人が一番
賢は賢愚は愚のなりに一つごと続けてやって欠かせぬ人に
人生を実らすために誰も知る当たり前から徹底しよう
コツコツと励みひとりが輝けばやがてみんなが輝きだすよ

平凡な事を非凡に続ければ前向きになり考え弾む
おしなべて大事な事は難しいそれに取り組む過程尊し
ひたむきに今この時を生きるべし小我を忘れ打ち込むなかで
喜んで感動もしてくれるなら手間ひまかけること惜しまない
徹底は持てる力を出し切って手抜きをしない心であるよ
何であれひたむきななか打ち込めば感動そこに必ず起こる
辛抱をしばらく続けやってれば根氣生じて軌道に乗るよ
運命を変える手立てを見付けたら即実践し打ち込んでゆく
人は皆独自の課題持っているそれを掘り抜き地平を拓く
氣づいたら迷うことなく次々と処理するうちに氣づきが身づく
ひとつ事深めその他のもろもろの事にも応ず人たるべきを
道筋にかなう正しい事ならば勇氣を持って取り組みゆこう
技術より基本練習徹底し結果を出したジーコであった
大切な事はいずれも手が掛かる打ち込むほどに困難に遭い
ひとつ事懸命にすること続けいずれ大きな深みに達す

今できる事に芯から打ち込んで夢や目標明確になる

工夫

失敗の渦中にあって辛くても胸に花さし通りを歩く
感銘を受けた文章切り貼りし浮かぬ時には氣晴らしにする
悩むなら事実はっきり直視して解決図る習慣つくれ
何かして行き詰まったらお茶を飲み肩の力を抜く時持とう
氣晴らしや氣持ち遊ばす工夫して乗らぬ調子も整えてゆく
プレッシャーあれば力で歯向かうな力を抜いて躱《かわ》してゆこう
疲れてるそう感じたら元氣よく挨拶しよう蘇えれるよ
緊張の連続ならば無理がゆく弛緩をはさみ上手に生きる
行き詰まり意氣も上がらぬその時は元氣であった初心に戻れ
出来ぬこと重なり自信なくしたら得意なことで我とり戻せ
同じことばかり考え行わず単調を避け精神研ごう
人生をあと三月だと仮定してやりたい事をきっちり掴む

似通った感性持った人による歌など聴いて心をほぐす
やらざるを得ない立場にこのわが身追い込み怠け心を断った
人と居る時はひとりで居るごとくひとりの時は二人の如く
魂を入れて事物にあたるなら道がひらけぬ事などないよ
どんなこと起きてもそれをプラスだと捉えるくせを付けてはどうか
わが心からっぽにする事が良く数秒の間をとる習慣を
退屈は避けるべきなり絶え間なく問題持って鍛錬しよう
何事か成さんとすれば退路立ち進むしかない状況作る
思いつき見知らぬ土地を訪ねゆき氣分を変えて閉塞抜ける
制約を受け入れそれの枠内で工夫凝らして成果を上げる
不都合を避けれぬ時もあるだろう乗り越えるすべ身に付けゆこう
好きな人見付け好かれる為に何すればいいかと考え変わる
超のつく高級ホテル利用して消えない何か身に付けていた
こうしようそう思ったら宣言し行動をする力にしよう
ケータイを掛けるふりして笑顔にてひとり言いい通りを歩く

よし！と言いガッツポーズを繰り出して氣持ち高めて講演臨む
力むまい固くなるまい怯《ひる》むまいそんな呪文を掛けつつ進む
失敗をしても予定の通りだし大丈夫だと我言いきかす
マイナスの言葉言ったら罰金を払う決まりを作った人ら
異なったふたつのものを結びつけ新たなものをつくってゆこう
明るくて元氣があって素直なる言葉使えばそれ引き寄すよ
問題を抱える時は他の人に親切にして氣分変えよう
必要なものをいつでもすぐ出せる状態にして能率上げる
頂いた条件のなか工夫して活路見出す心があれば
僅かなる成果であればどうしたら改善なるか工夫し続け
偉大なる修行は何と問うならばまず日常の工夫に徹せ

解決

絶え間なく建設的な仕事をし過去など悩む暇をつくらず
多忙こそ神経を病む人たちの良き処方箋悩みも忘れ

ものごとは些細なうちに手を打って早め早めに解決しよう
人の氣はコロコロ変わるだからこそストレスうまく発散してる
お悩みがあればなかなか抜けれぬが普段と違うことして躱《かわ》せ
さまざまな場面に我が身置くならば氣分も変わりストレス晴れる
心配はほどほどにして出来ることとにかくやって悩みを消そう
窮すれば窮するほどに快活に処すれば道が開けてくるよ
人のこと怖がる氣持ちあるならばまず行動しそこから学ぶ
お悩みを文章にして書いてみて心の整理つくこともある
悩んでる時に関係ない人のふとした言葉役に立つかも
異なった人の輪の中入ったら展望開け前進もある
問題を真に解決したいとの希望があれば場所を選ばず
欠点も含めその人まるごとを愛せばいつか関係変わる
悪いこととしたと氣付けば良いことをその倍すれば帳消しになる
元氣ない時のひとつの方法は人の愚痴聞き励まし役に
農業を始め大地に生命が充ちてる様見不安なくなる

先のこと見えて来だせば不安去り取り越し苦労無縁になろう

第三章　動く

行う

人知れず徳を積むなら必ずや天の恵みを頂くだろう
やらないといけない事ならひとつこれ愉快にやろう情熱かけて
駆け引きをせずに誠意のある行為するなら人にきっと伝わる
ものごとは道理にかなうやり方でするのが良くて利は二の次で
行いが正しいならば命令をせずとも人は動いてくれる
知ることは易しいけれど行うはなかなかもって大変である
わが分に応じた「かくはあるべき」を実践しようひたすらやろう
やりたくてやっているならお返しもいらずみんなが元氣になれる
本当にやりたいことや欲しいもの目ざし進めば後悔ないよ
いい歳になったら早く後継に地位など譲り道に入ろう
さまざまな恩に恵まれ生きているそれに報いる道こそ暮らし
手がけたら煩わしいと感じても順よくやれば捗《はかど》るものだ
実現の難きものにはこだわらずまず出来ることこなしてゆこう
利害越えなすべき事をちゃんとやるそんな姿勢の好ましきかな

怖がってしなかった事まず一度やってみるなら手掛かりできる
他人から支えられつつ生きているそれ実感し自分も動く
自分には何ができるか我のみが知っているのだ行動しよう
他の人を喜ばそうと励むうち必要だねと認められるよ
物事を損か得かと考えず神が喜ぶことからしよう
何のためこれをやるのか真剣に考え抜けば挫《くじ》けずやれる
したい事あれば人など頼らずに自分で動き確かめ感じ
今できることをしっかりやってれば夢や目標近づいてくる
他の人ができないことを一つでも身につけそれを実践しよう
打算なく事に打ち込みやる中で世は公平と実感したよ
実力は何と問うなら実行の力であるね動けば叶う
やるときは徹底的にやるならば次は能率上がってくるよ
人間は義務でない事どれ程にやれるかである人格映し
どのようなものを買うかでその人の人間性がくっきり判る
時間とか身体を使いしてくれたそれを感じて人は喜ぶ

行動をせねば運命開けない自らチャンス放棄しますか
約束は道理にかなう事でこそ実行できて守りもできる
役に立ち任務果たして自信得て別人のごと顔の輝く
良いことを最初するとき勇氣いる一度やるならあとは楽だよ
肝心は一歩踏み出す勇氣なり一歩が出れば人生動く
出来そうにない事ばかり悩まずに出来る事からひとつひとつだ
僭越《せんえつ》なことひとつでもする人はいかなる事もしかねぬという

＊僭越：自分の身分・地位をこえて出過ぎたことをすること

頼まれて億劫がらず誠意もち対応したら道開けたり
能力の有る無しよりも持っている力どれだけ発揮したかだ
事をなす時に血氣の勇抑え思慮を深くし慎重にする
行いが我が良心に恥じぬなら憂いや恐れ皆無であろう
他の人が嫌がることを引き受けて自分がやればみんなも動く
ぐずぐずとしても歳月我待たず機会捉えて動いてみよう
自分さえ良ければいいと身勝手な行動とれば犯罪のごと

良いことを我が手がすれば良いことを考えるよに成ってゆくもの

すぐ動く

この道は一度きりしか通らない為になること今すぐやろう
時は過ぎ二度とこの道通らないだから善行その場でしよう
チャンスだと思ったならばすぐ動き運命開く生き方しよう
思い立つそばからすぐに行動し怠けグセからおさらばしよう
いつまでも出来ない理由探さずにまずやってみるそしたら変わる
行動を起こさなければ何事も前へはゆかぬまずやってみて
まず自分動いて姿人に見せ自然に感化させるのがよし
いいなあと思えばすぐに取り入れてやりたい事はすかさずやろう
まず動く間髪入れずやってみるそれを重ねて上達してく
まず自分一生懸命動くならまわりを変える底力つく
考えてばかりいないでまず動き行動しつつ自分を探す
肝心はまずやってみる行動をすれば能力身についてくる

やるべきと氣付けばすぐにスタートしやり抜くなかで能力を得る
良いことはすぐ実践し悪いこと氣付けばすぐに止めるのが良し
避けられぬ問題あればできるだけ早く処理して複雑にせず
理想ありそれ現実に活かすにはまずわが体動かしてみる
氣づいたら億劫がらず実践しすぐ動くなか心を鍛え
そのうちにしようと思い遂にせず良いと思えば直ちにしよう

やりすぎ

才あれどやりすぎるならなお才の足りない人と五十歩百歩
好調にまかせて走りやりすぎて身動きとれぬ人にはなるな

言動

言うことと行うことが限りなく近い人こそ本物だろう
口のたつことは時には役立つが普段寡黙で実践が良し
読書して言葉知ったら実践しそれを輝く知恵へと練ろう

学問は自己を修める為にあり学んだことは実行しよう
百万の経典読んで学んでも実践せねば役には立たぬ
言葉では何でも言える行動を伴ってこそ皆納得す
話聞き誰かに喋りそれ書いて実践すれば我が身につくよ
良き道を唱える人は多かれど行う人は未だ少なし
実行に速やかなるを心がけ口は吶《とつ》でも問題はなし

＊吶：言葉のすらすら出ないこと。口べたなこと

いざ事に出会った時に普段から言ってることを行えるなら
言ったこと実行できぬ事を恥じ言葉以上に実践しよう
何事も実践しつつよく学び学んだあとにまた実践だ
できるなら道を唱える人でなく道を行う人になろうよ
道徳を言葉で説かず自らの生き方示し伝えていこう

しない

些細でも悪を致すな一方で善は些細も逃がさず致せ

されたくはない事ならば自らもそれを他人に致さぬことだ
為さざるが尊いこともありますねどんな誘惑受けたとしても
出来ないと言うはしないの言い訳でやれば必ず結果が出るよ
殆《ほとん》どのやれなかったの原因はやらなかっただ反省しよう

与える

できるなら人の世話役買って出て報い望まぬ心を保て
心病む人の心に種をまきそれがゆっくり育つのを待つ
喜びを与える事を心からやれる人なら幸せだろう
困ってる人が居たならできる事与えてあげて自分も満ちる
人のためしようとすれば頑張れる自分のためはなかなかだけど
人のため一隅照らす人となり感動心を人に与える
まず人を光らせようと努力していつしか我も輝いている
人のため力尽くして動くのはやりがいがあり自分も育つ
心から他人のことを思いつつ人に施し自分潤う

他の人に与えることでわが元氣さらに出てくる充電できる
来る客が何求めてるそれ感じ期待を越える持て成しつくる
仕事とは関係のないところにて他人の為に動いてみよう
他の人に与える心芽生えたら初めて自立したねと言おう
頂いた福を他人に分け与え独り占めせず喜びわかつ
人のため力惜しまず骨をおることを飽きずに行いゆこう

思う

経験をする事全て良かったと思える人をゴールとしてる
自己のこと幸福だなと実感の記憶どんどん思い出そうか
わが思い潜在識に日々積まれ思うごとくに人生動く
イメージを自由に描き空想がノーベル賞の発見になる
外界を遮断するなか我が思考活発になり自分と向かう
長年にわたり自分を苦しめた思い込みから開放される
他人からお世話になったことこそを忘れず思い人らしく生く

マイナスの事を見聞したとても想い無用に拡げぬように
我がしたひどい言動思い出しきつくなっても逃げずに続け
話聞き泣くのはそれでわが姿思い出すから泣くのであるよ
学ばずに自己の知識や経験で思うのみなら的をはずれる

思いやる

他人とは意志の疎通を心掛け思いやれれば温かくなる
たくさんの恩恵いらぬちょっとした思いやりこそ掛けれればよし
わが立場ゆずらず思い行き違うそんな時こそ相手に立とう
他人への思いやりある自己目指し努力しようと力が湧いた
迷惑をかけた事など思ううち相手に立った思考出来だす
人の身に立つことできるそのために想像力を育ててゆこう
思いやる温かさとか懐《ふところ》の大きさこそが人間力だ
思いやる心尊くそのような人の心に触れ手本とす
思いやりワクワクしつつ手伝えば互いの距離がぐっと近づく

人のため動く思いと人のこと大切にする氣持ちがあれば
他の人の味方をすれば必ずや人の情けが自分に返る
思いやる人になるには想像のできる心で立場に立って
思いやる経験をして人として一人前に皆なってゆく
思いやる心を持って暮らすなら神が大きな目で見ているよ
思いやる心氣がけて磨きゆき心の広い人を目指そう
人のこと思いやりつつ生きるなか自然と知恵は身に付いてくる
お相手のことを心底思うなら心自然と言葉に出るよ
根本の仁《じん》の心を失った人であるなら行い空し
　＊仁：いつくしみ。思いやり

心から思いやるこそワタクシの心の柱変わらぬ氣持ち
お相手の事情感じてその立場考えるなら話も進む
人として思いやりとか優しさが無ければ知識技能が生きず
いい縁を繋ぐためには思いやり譲る氣持ちが第一である
人のこと真に思えば物理的距離の遠さは問題でなし

常日頃相手のことを考えて動く人なら中身も厚い
自己ばかり考える事ちょっと止め人を氣遣い歓び分かつ
自己越えていつも他人を思いやる事が出来れば言うこと無いね
能力を上げることより思いやる心を磨き和ます人に
ただひとつ仁の心を貫いて万事にあたる心であるよ
　＊仁：いつくしみ。思いやり

人の事自己と同じく思いやり心広げる努力をしよう
思いやる心忘れず他人からされたくないを人にしかけず
思いやる心なにより大切でそれを保てば失敗もなし
社員には自己の家族に対すると同じ氣持ちで思いやる人
思いやる心を育て忍耐の心もちゃんと備える人に
思いやる氣持ち芯から徹底し弱きを助く人物のあり
思いやる心が生きてゆく上でまず目指すべき境地であろう
他人への思いやり持つ人ならば神や仏が大きく見てる
常日頃優しい言葉掛けられていつかお返ししたいと思う

付き合いで悩んでるならまず自己に思いやる氣がどうあるか見よ
失敗も労《ねぎら》ってあげ頃をみてきっちり心サポートすれば
他人《ひと》のこと分からないから理解する努力をすれば思いやれるよ

守る

自らが自己に約束した事は必ず守る自分騙《だま》さず
先生や親の教えをきっちりと守りゆくなか強い心に
決められたルールきっちり守るなか強い心が養われゆく
決めたなら必ずそれを守るとの心しっかり保ってゆこう
目標を立ててきっちり守るなら心が広く明るくなるよ
幸せは規則を守ることに在りそれで苦痛を感じぬがよく

話す

飾らない話しかたこそ魅力にて訥弁などは問題でなし
スピーチで完璧期さずありのまま穴もあいてる自分でいこう

なにごとも継続である氣持ち良い会話楽しむ人を保とう
爽《さわ》やかに言いたい事を言いあってあっけらかんと直せればよし
＊あっけらかん：少しも氣にせずけろりとしたさま

口にだし話さなければ分からない氣持ち素直に品よく伝え
氣をつかい過ぎると回りくどくなる氣持ちはっきり伝えるべきだ
情報をこまめにメモし蓄えて素敵な会話楽しみましょう
スピーチで笑いとれれば自他ともにリラックスして流れもつくよ
率直にものも言えるし聞けもするそんな人こそ素敵じゃないか
人前で臆せず話す人となり人間として満ちたりてくる
臆せずに話のできる人になり指導力など身につけてゆく
訓練と練習重ね人前でちゃんと話せる人になりけり
一人でも多人数でも話すとき反応みつつ話題を選ぶ
媚びること必要なくてお相手の反応読めば会話成り立つ
話聞きワクワクしたらその氣持ち伝わるように話してみよう
我のする話聞き手に入ってるそう感じたら心も湧くよ

お喋りの機会頂き話すとき惜しまず自分出し切り満ちる
お悩みを話し安心したい人意見聞きたい人どちらかな
きつい事言ったあとにはフォローして自分の心きっちり届け
お話をうまくしようと思うほど肩が力んで緊張も増す
喋り下手そんな言い訳先に言い話し始める愚に氣がつこう
準備せず聞き手の反応感じつつライヴで話し感動生まれ
お喋りは聞き手と共に情熱を込めてつくってはじめて活きる
聞いたこと話す時には五分での話を十に伸ばしてみよう
引き出しをどれだけ持って話します澱《よど》まず喋る人間力が
落語には話の手本ふんだんに盛られているよ探ってみよう
聞くよりも発言をして参加していろいろ氣付くそうあるべきと
わが知識君にしっかり伝えると熱い思いで語って実る
パンパンに不満がたまるその前に言い合うならば喧嘩にならず
人として同じ波動や波長持つ人と語れば癒され和む
あることを言いたいのなら先んじて実行のあと言うべきだろう

話とはその中身よりどの人が言ったかにより反応決まる
言葉での過ちあれば取り返すことできぬから慎重であれ
言葉には責任を持ち慎むし行うことは俊敏であれ
言うことをかりそめにせず慎んで言いつつきっと実行しよう
＊かりそめ：かろがろしいこと。なおざり。おろそか
実行のできぬ事など言わないで自己の言葉に責任を持つ
有徳の人に出会えば出しゃばらずしかし意見はきっちり言おう
生きている限り学んで法を説き人の心に明かりを灯《とも》す

話す内容

話すなら聞いた人らが他の人に伝えたくなる話をしよう
人前で喋るときにはありのままでも最高の自分を出そう
名文句吐こうなどとは意氣込まず普段の自分さらして話す
功とげて名前をなした人は皆初期の苦労を愉快に話す
ことばには心の動きもろに出るよく吟味して慎重であれ

友好の氣持ち育てて他人とはプラスの会話楽しむべきで
難しいことをやさしく話せれる人を目指して精進しよう
自己の持つホンネ抑えてみたとても何かの折に吹き出てくるよ
悪口は言わないうえに人の言うそれにも軽くあいづち打たぬ
頑張ってそう何氣なく言ってるがそれがそぐわぬ場合もあるよ
苦言なら面前で言いほめ言葉陰で言う仲なかなかである
こんな事して面白くなりますよそんなヒントをあげる講演
がむしゃらに走り続けた人生をそのまま喋り大いにうける
お話はありのままにてすれば良く十人十色いずれも正し
話すなら聞いた人らの日常がちょっと良くなる話をしたし
人間の道理を解しそれに沿う意見述べるは難しきかな
生きるなら人の心を光らせる説法しよう学びを続け
話すなら等身大の我さらし人の心に届けば嬉し
講演で話す中身もさりながら言葉使いに感ずることも
人の言うセリフを真似て使っても我がでなければ人に通じず

善いことは伝える手間と時間いるそれを弁え焦《わきま》らずいこう
意表つく事を喋って一時の快適得るは未熟者なり
どう生きるそんな話をする時は実例出せば伝わるだろう
実がないが巧みに飾る言葉など言えば自身の徳が乱れる
一言で評価定まる事もあり喋る事には慎重であれ

話し込む

十分に意見言い合い疑いや不信感など払拭《ふっしょく》しよう
＊払拭：はらいぬぐうこと。すっかり取り除くこと
これはいいそんな言葉に出会ったら何度も人に話して覚え
お喋りの練習相手誰ですか夜の蝶なりどんどんいこう
氣に入ったネタをどんどん話すならだんだんそれを上手く加工す
氣に入った主義や主張は繰り返しエピソード入れ語って身づく
いい話聞いたら人にすぐ話し五回もすれば我がものになる
聞いたこといろんな人に喋るなかだんだんそれが身についてくる

いい話聞いたらすぐに人に言いそれを重ねて我がものにする
聞いたことさっそく喋り反芻し知識わが身に取りこんでゆく

話すコツ

伝えたいその思いこそ高めれば伝えることが達者になるよ
ポジティブな言葉で会話始めればその後の流れ前向きになる
結論を先に話してその理由あとから話し聞きやすくなる
前置きもうまく入れれば効あがり相手引き付け話せることも
ほめたなら〝しかし〟と言わず〝そして〟にて言いたいことを続けて言おう
知っててもひけらかさずに最小の知識披露が好ましいかな
話すなら相手の興味考えて話題選べる人でありたし
えらぶらずむしろ隙など見せながら語る演者に皆拍手する
失敗の話も時に有効でほどを弁え上手に使う
会話では完璧よりも勢いを大切にしてどんどんいこう
話すとき間の取り方を考えていろいろ学び試してみよう

会話では最後の言葉大切だ心用いてフィニッシュしよう
アドバイスしようなどとは思わずに素直な氣持ち伝えてみよう
講演し心その場の最後尾それは背中を見て話す人
聞く人を楽しませようそれだけを考え手抜きせず話する
話すならえ~とかあ~を言わないで一対一の心でいこう
聞く人が心の扉開くようまずは笑える話してみる
伝えたいことがあるなら枝葉事たくさんつけてリアルに喋る
要点を伝える前に聞く人の心ほぐれる話題を入れる
講演は最初と最後決めておきあとは場のまま即興で良し
いい話伝えたいなら他人から聞いた話と紹介しよう
お話に会話形式採り入れて喋ってみれば皆集中し
お話を遠回りしてふくらませ話してみればじんわり入る
これはムダそうは思わずエピソード入れて話せばときめいてくれ
想像の余地を残して感動を人に語ればすんなり入る
絶妙の間をとられたらお話の余韻がすっと心に沁みる

まず笑いそして泣かせる話して聞き手の心ほぐしてあげる
なるほどと思ったことは教えずに伝えるのだと思って話す
何のため話すのですかどんなこと話すのですかとことん詰めて
正論を言いたいときはお相手に逃げ道与え諭すのがよし
人は皆固有のペース持っている伝えたいことそれに合わせて
話すとき相手の才を考えて人それぞれの話があろう

黙る

知者ならば言わざるべきや言うべきをよく心得て対処ができる
べらべらと口をきかずに沈黙し力蓄え人に通じる
黙ってて不満ためるは未熟なり言うこと言って互いに育つ
言うべきに黙っていれば人は去りあるいは自己の人格なくす
経営の上の苦しみどなたにも話さず処理し矜持《きょうじ》を保つ
＊矜持：自分の能力を信じていだく誇り。自負。プライド
人前であまり話さぬ人ならば誤解されるよ話してゆこう

聞く

心から面白いなとお話を聞けば相手に伝わり満たす
自分から家族の恨み言う人も人からならば不快に感ず
独断で判断せずにものごとを意見とりいれ柔らかくみる
どのような話としてもワタクシの心ひとつで有意義になる
我執《がしゅう》なく人とよく融《と》け意見聞きとり入れられる頭の良さを
＊我執：自分だけの小さい考えにとらわれて離れられないこと

同情し共感しつつ話聞くそんな人なら楽しみ多し
他の人の意見素直に聞けますか自分自身に囚われないで
存分に喋らせるならお相手の希望も判る商談も成る
激せずに心静かに語られて言葉しっかり自分に届く
願望を成就するにはネガティブな人の意見に惑わされるな
なるほどと頷きながら話聞くまずは一度は受け入れてみる
聞くことの上手い人なら話し手を光らせながら話を聴ける
お話を聞いているなか一度でも笑うとその後距離が縮まる

どの人も認められたい氣持ちあり素直に聞けば心を開く
情報は本やネットで得られるが直接聞けば一番楽し
講演を頷《うなず》きながら聞いてれば講師はきっと氣付いてくれる
精神は人から人へ伝わるね氣負わぬ喋り心に届く
いい話聞いてもそれをどう生かす受け止め方に天地の差あり
ある言葉すっと胸へと入るのはそれ受け入れる土壌あるから
言葉には人を支える力ありうまく出会えばその人変える
お相手が誇りにしてる事を訊くそれは全く素敵な時間
味のある話を聞けることこそが人と会っての楽しみである
自分にはまだまだ足りぬところあるその心持ち意見を聞こう
言葉聞きその裏にある深い意味探る一方実践をする
平素から態度に難のある人も善きことを言う場合は聞こう
聞く時は私心を去って聡明に事実を掴む努力をしよう
他の人に尋ねる時は我にとり切実なこと真摯《しんし》に問おう

＊真摯：まじめでひたむきなさま

やる氣あり情熱もある聞き手には厳しい事も肥やしとなるね
微笑みを絶やさず人の話聞き親切にして怒りませんよ

まず聞く

たっぷりと聞いてあげたらでは君の話はなにと聞いてもくれる
お相手が言いたいことを持ってたらすっかり言わせそれから話せ
まず黙りしっかり話聞きましょうすると解《ほぐ》れて自分伝わる
終わりまで耳を傾けじっと聞く人に怒りも氷解してる
話すのが上手なよりも聞くことが上手なほうが人に好まる
聞くことが暖かいなかできるなら話のうまい人と思われ
聞くことが上手な人はお相手に力与えて安らぎつくる
どの人も聞くべき意見持っているダメだと決めず耳傾けよ
よく聞いてあげれば相手氣もほぐれいいたい事もあちらへ届く
まず聞いて人を尊重するならば自分の話相手に通る
誰だって言いたいことを持っている聞いてもらえて氣持ち安らぐ

よく知った話題も喋る人あれば感心しつつ聞く心にて
いい人だそう思わせる人は皆話よく聞く人としたもの
話したいこともあろうがメンバーが喋っていれば素直に聞こう
人ならば時にはグチも出るだろう共感しつつ黙って聞こう
話し下手《べた》？心配いらぬ人のことききっちり聞けるあなたじゃないか
お悩みを聞いてあげれる人になり一度話せてありがたがられ
お悩みは誰も持つものできるなら話を聞ける人たりたきを
考えがあってもまずは意見聞き視界拡げる心を持とう
聞くことが上手になれば人誰も自身のことを語ってくれる
聞けるなら円滑な仲できあがり相手を知るし教わりもする
他の人の喋りきっちり聞けるなら知識も増えて仲良くなれる
人と会いまずはお話伺ってたっぷり聞いてそのあと自分
まず話ひたすら聞いて聞きまくれそしたら話すネタみつかるよ
口下手で喋れないならお相手の話きっちり聞ければ可なり
聞くことの上手な人は他人《ひと》が持つ苦しみ悩み軽減できる

心入れ心配事を聞くならば助言なくとも他人を充たす

見る

澄んだ目で人を見れれば少しずつ視界拡がり霧晴れるだろ
暮らすなか自分本位になりがちだ我がフィルターを通して見てる
真実を我が物差しで見るなかれそのあるがまま捉えて動け
ものごとの良い面を見て過ごすくせ付けていこうよ自分次第だ
ものごとの見方を少し変えてみてそれを自在に楽しむ人に
モノを見る角度変えれば見慣れたるモノも新鮮楽しみできる
行き詰まることもあるだろその時は見方を変えて眺めてみよう
辛抱ができて他人をよく見れる人であるなら頼りになるね
同じもの見てもこころの次第にて美にも醜《しゅう》にも見えるものなり
心なる内界変わり外界も変わって見えて幸せ感ず
辛くても一歩しりぞき客観視できれば心冷静になる
妄想をたくましくして電車など乗った折には人観察す

惚れるなら一生懸命しようとの力も湧くねよく見てみよう
平素から人に誠を尽くすなら人はしっかり見ているものだ
良き事を言ったり勇氣ある人に会ったらしかと人物観よう
世評には惑わされずによく人を観察しよう自分で観よう
物事を誤りもなく明らかに見ようとしよう色眼鏡捨て
言葉のみ追うのではなく行動をしっかり見つめ学んでゆこう
利益得ることが間近に生じてもそれが道理に叶うかを見る
容姿とか年齢などに捉われず内面のみにまっすぐ入る

書く

肉筆はあなどりがたく温もりを相手に伝え味わい深し
書くことで頭に残ることもありマメに日記を付けてはいかが
一、二行書いておいたら何年もあとで感動げに甦る
試みに日記を付けてみませんか意外と自分好きになります
お勧めはまめにメモして書くことで自分のカラー理解できるよ

紙とペンいつも携えふと何かひらめいたならすぐメモをとる
メモをしてどんどん忘れ新しいことをいつでも容れれる頭
情報を忘れるためにメモをして新たな知識どんどん入れる
名刺など交換したら間をおかず葉書を書いて明日につなげ
わが体絞りこむよな思いにて綴った文が読まれて嬉し
ハガキこそ活用すべしひと言で人を慰め励ましもする
手紙への返事その場で書きましょう億劫がらず俊敏さ出し
素晴らしいご縁頂き感謝する氣持ちハガキに込めつつ書こう
手書きでのハガキは人の温もりや個性如実に伝えてくれる
ハガキ来て手抜きをしない誠意知り人が喜ぶ素敵じゃないか
一字ずつ心を込めて丁寧に書いたハガキは人温める
ハガキ書き人のご縁を大切に温め続け自分を磨く
ハガキにはいい縁つなぐ力ありその偉力には驚くばかり
ハガキ書くことが何より優先だ貰い喜ぶ人想像し
たくさんの葉書を書いていくなかで迷わぬ自己の考えできた

自己の書く字には自信がないけれど便りをまめに出す人の良し
パソコンでメール出すのは手軽だがあえて自筆で葉書を書こう

応じる

感情に振り回されず冷静に事に応じる人を目指そう
どんなこと起きてもそれに対応し心と頭振り向けられれば
押されたら押されるままに引き受けて辛い思いを人にはさせぬ
自分にも窮する場面あるけれどそこで慌てず対処をしたし
しっかりと用意してれば機に臨み惑うことなく行動できる

受け入れる

自分から相手の意見入れるなら相手も自分受け入れてくる
信頼し人を使えばその人は能力フルに発揮もできる
価値観は人それぞれでそのような考えもかと応じてゆけば
先輩や親大事にし彼たちの持てる心を受け継いでゆく

独自性発揮するにはまず人の世界受け入れ視野広げよう
起きたこと素直になって受け入れれば必然と知り氣も楽になる
現実を受け入れそこで精一杯生きればいつか道がひらける
人知れず辛い思いを昇華《しょうか》して過ごす姿勢が心強める
＊昇華：物事がさらに高次の状態へ一段と高められること

失敗をしても怒らず同調の言葉かければ人よき方へ
お相手が我より偉く優れてるそう考えて事をまとめる
どの社にも二割不要な社員居るそれ排除せず受け入れたなら

断る

断りが上手にできる人ならば信頼されて関係保つ
機知《きち》きかせ粋に断りできるなら人も微笑み角などたたぬ
＊機知：その時その場合に応じて働く才知。人の意表に出る鋭い知恵

活かす

無いものをねだることより有るものを活かす道こそ取るべきだろう
有るものを活かし過ごしているならば小さなことも感謝をしだす
他の人に美点があればそれ伸ばし成功させる氣持ちでいれば
道学び余裕できればその学び世に活かす道探ってゆこう

捨てる

何事か得ようとすればまず何か今持つものを捨てることから
情報や物が多いと迷うから要らないものはすっぱり捨てる
捨てるなら新たな力取り込まれすっきりとしてやる氣も出るよ
新しい事を始める時こそは要らぬ何かを捨てる時かな

育てる

都合良いペットみたくに子をするか世の役に立つ男にするか
肉体と精神ともに鍛えずば他愛なくなる文明滅ぶ

本当の内なる暮らし追究し自己の心を練る努力する
温室で育てられては自活する能力そがれ命弱まる
転ぶこと自由にさせて育てたらちゃんと成長しているだろう
過保護にて育てられれば自立心育たず保護を次々求め
他の人に認められたり受け入れてもらい僕らは育ってゆくよ
弟子見ればどんな和尚か価値わかるひとりだけでも後継育て
苦労せず甘やかされて育てられ意氣地《いくじ》も持たぬ怠惰《たいだ》な人に

＊意氣地：物事をやりぬこうとする氣力。心の張り
＊怠惰：すべきことをなまけて、だらしないこと。怠慢

改める

間違っていると判ればすみやかに改められる勇氣を持とう
氣付いたらすぐ変更しやってみる僅かな差でも積もれば大だ
改革をしようとすれば批判受くそれを励みに改革すすめ
過ちを犯してそれに氣付いたら改めるのにやぶさかならず

良くないと思った事はきっぱりと勇氣を持って止めるのが良し

耐える

中国に唾面自乾《だめんじかん》の心あり屈辱受けて静かに耐える

＊唾面自乾：たとえ顔に唾を吐きかけられても拭かずに、自然に乾くまで待て、という意

忍耐の心なければ人のこと指導はできぬ挫けず続け
苦しみは打ち明けないで我で負い苦しむ人を増やさぬ配慮
不利なこと受け入れてると本当の知恵と才覚生まれてくるよ
お相手の立場察して意に沿わぬことも我慢し自分を造る
将来に楽しみ事をとっとけばゆとりが生まれ我慢もできる
人の持つ意識変えるは大変だじっくり投げず取り組みゆこう
少々のことは我慢をする心それこそ強い心であるよ
屈するな駄目と思うな遅くない今から始め前進しよう
寒さとか飢え経験し辛抱をすれば思考の力が育つ

譲る

お喋りで友に勝たせてあげるなら友は味方になってくれるね
譲ったら人が動いてくれだしてかえって早く事達成す
他の人に譲る心は大切でそれ弁えて事すぐ進む
譲れると思ったことはできるだけ譲るなかから強さを得たよ
常日頃譲るけれども一線を越えた場合は一歩も引かず
思いやり相手に譲ることできる人は他人を喜ばせてる
勝つ人は強いが譲ることできる人はそれより強きものなり
自分こそ正しいですと意地張らず譲ってみれば世界拡がる

遊ぶ

心から遊ぶ機会を持ちましょう大人になって難しくても
宇宙への想いあたため日常の狭さを越えた世界に遊ぶ
遊ぶこと上手な人はその限度わきまえている破滅もしない

甘える

甘えたいときに甘えることできて自立ができる大人の人も
幼児性抜けぬ人には甘えあり他人依存で自己中心だ
協調の心があると言う人はただ寄りかかる甘えんぼかも

比べる

人の持つ自分の持たぬ能力をうらやむなかれ我らしくあれ
お悩みは多く人との比較から生まれるものだ比較止めよう
お悩みの多くは人との比較から人意識せず暮らせば抜ける
他の人と自分比べることばかりしてては心好ましからず
他人との比較の心それこそが不幸を招く一番だろう

頂く

してくれた事の多さとして返す事の無さ知り心境新た
すばらしい贈り物などあげようと頑張ってみて逆にもらった

受容される

縁あって接した人に氣持ち汲み受容されたら認知変わった
コメントをしたいのならば直後こそ受け入れられる確率高い
やっている事を認めてくれる人現れ自信強固になった
暴走を重ねた人も自己のこと認めてもらい幸せ感ず

第四章　学ぶ

学ぶ

学ぼうとする心さえ持つならば日常すべて学びのもとだ
人はみな何かの点で自分より優《すぐ》れてるもの学ぶ心で
どの人も教えてくれる我が師なりものは取りよう肯定的に
どのような人であっても学ぶことあるよ自分の考え次第
人に惚れ計算だとか依存など抜きで接してとことん学ぶ
先哲のことばきっちり噛みしめてわが生活で練るべく生きる
同時代あるいは古代時を越え優れた人を味わい尽くす
歴史とか人物とかに親しんでそれ学びつつ暮らし重ねる
優れたる古今の人に学ぶなら人間的な成長もある
良き師とか友とか書とか求めようそして密《ひそ》かに省み修め
正道を学ぶべきなり本筋の師匠について自分磨こう
先輩に学ぶ氣持ちを温めて今あるうちに薫陶《くんとう》受けよ

＊薫陶：徳を以て人を感化し、すぐれた人間をつくること

優れたる人格氣魄《きはく》才能に触れて学びて初めて至る
　＊氣魄：何ものにも屈せず立ち向かっていく強い精神力
偉人とは命を深く生きた人学んで深さ掘る努力せん
我ひとり思索をしても知れているやはり学んで知識を得ねば
我ひとり思索をしたが益もなしやはり聖賢学ぶに如《し》かず
　＊如かず：及ばない。劣る
おのれにて足れりとするな心から他人に学び大成しよう
学ぶほど足らざるを知り教えれば未熟を感じ向上を期す
先人に学び自分を高めんとする人集い熱氣が生ず
求めゆく仏の道は果てしなくわが足どりでしっかり歩く
自己顕示したい氣持ちはほどほどに人から学ぶ姿勢忘れず
好奇心たくさん持っていろいろと学ぶ人には涼《すず》やかさあり
　＊涼やか：さわやかなさま
得た記憶忘れるころに繰り返し学び返せば身につくものだ
学ぶなら星が輝くごとくなる心の冴えと明るさを得る

他人から支配されない自立した心得るためホントに学べ
人生に興味を持っていつまでも学ぶことこそ良き長生《ちょうせい》だ
＊長生：長命を保つこと。ながいき

コツコツと学んでいればそのうちに学ぶ楽しさ判ってくるよ
どの人も他山の石と心得よ不愉快からも学べるものだ
＊他山の石：どんなものでも、自分を磨くための助けになる、という意味。他の山から取れた
粗悪な石でも、自分が玉を磨くときの砥石に使える、ということ

古典にて自己を練るすべ学ぶなら人相変わり運命変わる
生を受け創意《そうい》に満ちた人として輝く為に教養積もう
＊創意：新たに物事を考え出す心。独創的な考え

学ばねば道は分からず学ぶならわが魂はどこまでもゆく
人として如何に生きるかその答え求める学が望ましいかな
我が国の歴史を学び精神を高め祖国を誇れる人に
学ぶのは自分磨いて人生を生きるためだ環境生かし
今よりも良い人生を生きるため学びの姿勢能動的に

専門を持って励めど人生は語れぬと知り面白さ増す
植物は真理をとても分かり良く表していて学びの多し
書に学び盲滅法抜け出してわが人生に大事を成そう
学習し友と切磋《せっさ》し磨かれる学びほんとの徳操《とくそう》となる
　＊切磋：道徳・学問などに努め励むこと
　＊徳操：堅固で変わらない、みさお
　＊みさお（操）：志を立ててかえないこと

ぴったりの文に出会って人生の同伴者得た心地がしたよ
勉強をいくらしようが使わねば陽の当たる場のローソクのよう
道求め学ぶからには一刻の停滞もなくする氣構えで
人の道一緒に学ぶ友を得て助けも借りて行い正す
道学び自分高める努力していつしか食も得られるだろう
盲人を遇する姿つぶさに見師匠の心学ぶ人あり
世の中の道は学びて知るべきで学ばぬ人は安心を得ず
自己にないものを学びつすでに自己得ているものは失わぬよう

外国の教え模写して批判せず丸暗記する愚は避けるべき
つらいこと起きてもそれは有難い何か自分に教えてくれる

学問

学問はそれで自分の性格を作りまわりに及ぼす道だ
学問で己を尽し本当の自分を磨く作業をしよう
学問で人間変わるまず自分変えれるならば他人も変わる
学問に自分を変える力ありそんな学びを深めてゆこう
学問は人と人とがぶつかって花火を散らす如くあるべき
学問は喜怒哀楽をいかに出すそれを深める道でもあるよ
学問は喜怒哀楽の中にありいかにそれらを味わうかです
学問をすすめ学びが身につけば人を観る目も深まってゆく
学問は歳をとるほど良きもので深い味わい知る人となる
学問や修養積めば誰にでも風格の出てそれなりになる
学問の道はいかにも長丁場いずれ自ら学ぶ日のくる

わが運を高めるコツは学問で心養うことだと知れり
ものごとに時をのがさず対処する人になるため学問しよう
学問を修め窮して困《くる》しまず憂へて衰えざる人になる
学問で禍《か》と福を知りものごとの始まり終わり弁《わきま》えられる
学問は已むに已まれぬ内からの要求満たし楽しむためだ
学問の目指すところは本当の自分を作るそれ第一だ
学問を抽象的に深めたら実践をしてそれものにせよ
誠ある人はそこそこ居るけれど学問好む人の少なく
学問をするなら成果焦らずに自分養う氣持ちを保つ
学問は先行く人を追いかける如くのものだ見失わずに
志す美徳を真に活かすには見識増やす学問が要る
学問をした人同士喧嘩していつしか議論本質離れ
学問を志すならその中に教訓すべて備わっている

教わる

わが個性発揮するにはどのような教えと出会い節越えたかだ
どの人も我を教えてくれるから積極的に接してゆこう
出会う人すべて自分に何ものか教える人だ さあ前向きに
実践を通し体得したものを説く人に会い吸収しよう
諫言《かんげん》をくれる人こそ尊くて過ち減らし暮らせるものを
＊諫言：目上の人の非をいさめること。また、その言葉

叱られることの上手な人になりいろんな事を教えてもらう
古来より優れた人はあまた居り教え楽しむ道楽やよし
人からの言葉いろいろあるけれどどれも教えてくれるものだよ
人としてとるべき道はなかなかに教わることが難きものなり
教わったことはいつしか別人が教え返してくれる事ある
導きが良ければ誰も素質あり英雄に似た心に至る

教える

学びには終わりが無くて得たものはどんどん人に教えてゆこう
善き人が長年かけて導けば人はいつしかひとかどになる
　＊ひとかど：一、ひときわすぐれたこと。二、一人前であること

教えれば理解深まる学ぶには教えることが一番である
やってきた事を教える段になり我が未熟さを痛感したよ
学んだり学んだことを教えたりそれを飽きずに出来ればいいね
学びたいその熱情がほとばしる程の人なら喜び教え
どのような人であろうと我が教え求めてきたら教育したよ
誰であれ身を清くして道求め訪ねてきたらきっちり受ける
誰であれ我を尋ねて問うならば誠を尽くし教えるだろう
教えずに黙って演技繰り返す様を見守る男の度量
教えないふりして人に教えようみずから氣付く手助けしよう
母親がどんな教育しているかそれが国家の未来を決める
言葉では伝わらぬもの行動しそれを通して感化してゆく

教育は流れる川に文字を書く如くの時もあるけど励む
素晴しい教えとしても聞く人の心向かねば伝わらないよ
それぞれが持つ性質に従って指導をすれば真逆も起こる
教えには貴賤老若超える良さ備わっていて誰にも通ず
罪犯し教えを乞いに来た人に教えぬことで教訓与え
それぞれの人に応じて教化する順序があるね人をよく見て

知る

ひとつ事尽くしてものの深さ知り万事の真理知る人となる
どの道もとことんすれば真理知り宇宙や神に思いが至る
わが仕事命を懸けてしていればふとした言葉心に入る
学んだら機会あるごと復習し練習をして体得しよう
人として生きてゆくため必要な知恵を体を動かし掴む
木を見たらその根を観ようそんな氣で観察すれば本質見える
物事を引いて観るなら全体が浮かんでくるね本質わかる

知ることと知らぬことをはっきりと認識すればさらに知を得る
敵のない人生はなしその人がどこまで敵かはっきり知ろう
人のもつ痛み自分のそれよりも軽くみる人友達できず
物事の一面のみを捉えては全体見えず実践を去る
教育を受けて知識を詰め込んで却《かえ》って道を失う人も
心臓の鼓動を聴いてわが体全力あげて生きてると知る
わが体使わず喋るばかりでは生徒と心通わぬと知る
我がもつ性質をよく弁えた上で他者から長所を学ぶ
歳を経て些細なきまり守ること何よりまして大切と知る
人の言素直に聞いて意を汲んで直覚的に心を知れば
純粋な心になれば不思議にも先のことなどよく見えだすよ
周囲へと目が向いてれば他人から見える自己知り修正できる
詩を読んで自然な人の情け知り人と和らぐ人間になる
口が立ち言葉巧みに徳がある人を真似する姿を見抜く
今一度基本練習やってみていかに基本を持たないか知る

犯罪を犯した人を取り調べ事実掴んであわれみ注ぐ

悟る

悟りとはいかなる時も平常の心で過ごすありさまである
起こることすべて肯定できるのが目標でありそれが悟りだ
道求め日々に修行を重ねればふとした事で大悟も生ず
自らの使命悟れば人生を安らかななか楽しめますよ
悲しみを愚痴らず大事に抱くなら人の心は悟りに至る
意にそわぬ事をされてもどうと無くそれもあるかと前見て歩む
皆誰も修行するなら必ずや悟りに至る遅速はあるが
悟りたいそう思うなら悟りへの憧れを持つことから始め
悟ったと思った時に成長は止まる生涯修養《しゅうよう》しよう
　＊修養：精神を練磨し、優れた人格を形成するようにつとめること
苦労あることを他人に悟られず生きてゆくのが本望である
胸中に深い悲しみ大切に秘めつつ歩み悟りに至る

理解する

人間は心ひとつで人の持つ違う見方も取り入れられる
人として正邪の区別ちゃんとつけ責任もって行動しよう
ものごとの道理わかれば自己中の氣持ちも消えて融通無碍《ゆうずうむげ》だ

＊融通無碍：一定の考え方にとらわれることなく、どんな事態にもとどこおりなく対応できること

自らの行い実はどうですか客観視する姿勢を持とう
ものごとがうまくいこうがいくまいが常に原因考えてみる
先人の私心離れて物事の本質見抜く知恵受け継ごう
人の持つ最も深い願望は人に認めてもらうことなり
人の持つ氣持ち無視して傷つけていたかと氣付く人幸いだ
さりげない母の氣遣い判り出し人の言動しっかり見れる
問題が自分のせいで起こったときっちり知れば平安を得る
迷惑をかけた事こそ思い出せ自己防衛で難しくても
迷惑をかけた相手に大切にされてると知りわが非を認め

愛されていたのに自分至らないそう思えだし憎しみの減る
片付けをするのはまさに我のためそう思えれば体も動く
他人から学ぶ氣持ちで聞くならば手伝うところ分かってくるよ
人は皆違いがあると認めたら受け入れたならやさしくなれる
優れたる師や書に接し知恵得たらわが体験に照らして掴む
心中にまことのありて他の人の心もそれで推し量るなら
物事に明るい人はその事が将来いかになるか見抜ける
他の人の立場自分に置き換えて痛み苦しみ弁えるなら
つまずいて転んだことで物事を深く味わうこと出来だした
つまずいた時こそためになる話心に入り栄養となる
一人ではないよ分かってくれる人必ず居ると教えてくれた

解釈

借金があって働くエネルギー貰っていますものは取りよう
いっさいを囚われないでちゃんと見て正しく生かす人目指すべき

教え聞き人それぞれに我が性《さが》にあった解釈深めていこう
不自由も取り方次第氣遣いが育つ好機となるかもしれぬ
無いものがあったからこそこうなったそう生きてれば命輝く
難題が生じた時はその事をどう捉えるかひとつで決まる
バックギアそれは行き先変えるためついているのだ何度でもよし

認識

人と会いいいとこばかり探すならどんな人にも光るものあり
世の中の実際いつも味わってものの道理に明るくなろう
おのが持つ知識欲望色ガラスそれらを取って実相つかめ
人からの助言きっちり良きものと認識できる心を持とう
ものごとの価値をきっちり把握してそれを生かせる人こそ良きを
他の人の価値観掲げ動いてはますます自分嫌いになるよ

氣付き

氣付きには人知を超えた天からのメッセージこそ込められている
何しても成果を挙げる人ならばきっと氣付いてムダ無い人だ
沢山の人のお世話になりながら生かされている自分に氣付き
母などの氣持ちになって考えて生かされてきた自分に氣付く
してあげた事もあろうがしてくれた事がはるかに多いと氣付き
陰ながら支え励ます人ありと真から氣付き電流走る
満たされて愛されてたと氣付いたら幸せつかむ道始まった
氣付きがね心の底に届いたら不動になって理想近づく
人や物たくさん出会い助け合いそんな中から氣付きを得よう
いつの日も人喜ばす氣持ち持ち処しているなら氣が付きだすよ
様々な体験通じ自己が今何をすべきか氣付きだしたよ
おのが身のあやまち氣付きにくきもの人から学ぶ心を持って
間違いに氣付けばすぐにしっかりと認めてそれを肥やしにしよう
何氣ない言葉で人を傷つけるそう氣付いたら一歩前進

基礎的な練習こそが第一と教わり我の未熟に氣付く
氣付きには鮮度があるね旬のうち処理を済ませてすっきりしよう
大変に至る手前の小変で氣付き手をうち事なきを得る
問題を先延ばしせず氣付いたらその場で処理し複雑避ける
氣付かねば感謝も出来ぬ注意され氣付かされたらそれにも感謝
人として自分勝手をしてないか氣付きだすなか結果を出そう
自身では心の歪み判らない読書や会話重ねて氣付く
人のためやった事だと思ったが自分のためであったと氣付く
自己中の思い違いに氣付く時苦しみあるが越えねばならぬ

反省する

反省の心を保つ人ならば確かな人だ進歩もするね
反省の氣持ちがあればわが心磨かれてゆき自在へ向かう
常日頃自己を省み過ちを正し心の安心得よう
冷静に自分の姿省みて改善点を探してゆこう

素晴らしい行い見たらそれをまね悪いことなら自己省みる
現在の歳になるまで何をしたいつも自問し人生高め
他人から辛く当たられ困ったら自分が元か省みてみる
反省も度を超すなかれ本当の反省とはと考えてみて
反省をしすぎる人も困りもの暗くなりすぎ付き合い避ける

考え

あてのない助け期待しいつまでも待つは愚かで発想変えよ
お互いに意見きっちり持ってれば異なってても尊重できる
思想とか信念とかは自らの内から湧いたものでなければ
人生は考え方で変わるものより良く生きる考え持とう

考える

本当に身に付く学び如何なるかそれはぎりぎり考え抜くと
書や人の言葉そのまま呑みこまず自分なりにて噛み砕くべし

いろいろな情報の末自らが判断下すその積み重ね
何のためそれをするのか考えば自分わかって向上できる
人としてどうあるべきか日頃から考えてればヒントに氣付く
昔得た知識や事実再考し今から進む道の糧とす
大変なことが起きてもそれ通じ教わることは何かと問おう
トラブルの原因は何どうすれば解決できるはっきりしよう
トラブルの解決法を探るなら多くの場合自力でできる
物事が意に添わぬならその意味を考えてみてわが糧にする

読む

名文に会えば感じるだけでなく命がすっと通る心地す
朗々と古典を読めばその中に流れる命沁み込んでくる
古典など心静かに味わって自己省みる時楽しけり
暗い記事読んでも我にプラスなし明るいものに接するべきを
読書して我が身内省できだせば真の正しい実践できる

すぐれたる人の伝記を読むならばわが生命の力も増すよ

第五章　交わり

交わり

よい人に交わってると知らぬ間によい結果にも恵まれている
他人との心通じる交わりをつくってゆけば福返りくる
人間の交わりいつも互い様されたいようにするのが良くて
思いやる心豊かな人知れば交わることがとりわけ愉快
交わりを結ぶお人の影響は大であるから人物選べ
だれかれと差別しないで公平に広く交わる心を持てば
世の中は知識技能もさりながら良き交わりが大切である
まず人と交わり実践重ねつつ余力があれば文を学ぼう
交わりは水の如きが好ましく飽きることなく長続きする
金属も断ち切るほどの威力ある交わり結ぶ男と男
わが名誉大切ならばまず人のそれ重んじて交わりたきを
窮地へと陥ったときどのような交わりするか大切である
忙しく過ごしていても寸陰《すんいん》を探し親しみそれ重ねよう

＊寸陰：ほんのわずかの時間

どの人も大小適否持つもので寛大なながか接してゆこう
励ましは素晴らしきもの励まされ縁も深まり自身高まる
本物にいつも接して修養を積めば偽物ひと目で判る

付き合い

人はみな助け支えて生きている暖かいもの共有してる
人はみな互いに支えあっている個性の違い味わいながら
人として尊敬できる人を持ち教えかみしめ自分を正す
お誘いはなるべく受けて時共に過ごすなかから発見を得る
知りあっていかに親しくなろうとも敬意忘れぬ人すがすがし
お相手の痛いところや痒いところぴたり当たるが挨拶の意だ
頼ること上手な人は頼られてうまくフォローの出来る人だよ
自分とて完全でなし他人にも備わることを求めず接せ
他の人を思い通りに動かそうそんな企《たくら》み成功しない
あれこれと口を出さずにすることを見守る心大切である

お名前を呼べば親しさ増しますね名前覚える努力おすすめ
付き合いは長く続けばそれで良く時にケンカや疎遠もあるよ
ケンカして仲直りしてまた同じ人とケンカだその繰り返し
自分たち争ってるが宇宙から見ればそれなど小さすぎるね
悪口を受け取らないで流すなら人はそれなど持ち返るもの
甘言を弄《ろう》する人は賊に似て人を損なう心すべきで
ウソつかず約束守る人ですかそうでなければ敬して去ろう
どの人に会おうと常に心から関心持てる人になれれば
お互いに支配しながら依存してアルコール症家族に生ず
短所など無視することだ付き合いは心上向く氣持ちでいこう
この世には人に勝れる宝なし大切にして自分も磨く
してくれるそう思うから頼まれるそれで自分が試されている
他人への要求低く設定し滑らかな仲築いてゆこう
自分とは異質の人と交わって体験をして進化をしよう
ひとつ道探究してる人同士感応しあい力つけあう

誠実にもの作りする人たちを支える我であろうと決めた
反論をせずに相手を全て立て応じ関係修復される
ただひとり正しいことをしてあげる人を持つならその他に及ぶ
賢徳のある人と会いその賢と徳を好んで親しむべきを
冷淡な仕打ちを受けたことあれど一切触れず今を付き合う
詩を学び人情の機微わかったらそれを活かして付き合いゆこう
賢才を求める心伝われば人は人物紹介くれる
約束を守る人こそプロであり成果きっちり出す人である
世の中のあらゆる事は呼吸こそ合わせてゆけば無理なく進む

相性

好き嫌いそんな氣持ちに流されず職場で人を選ばずまじる
氣があわぬ人が居たならその人と上手くいってる人から学ぶ
相性があわぬ相手もよく観ればどこか切っ掛けあるかもしれぬ
嫌うなら相手も自分嫌いますもとにはもたずに水に流そう

苦手だと思う人でも避けないで近づき譲る努力をしよう

縁

良き人と縁を得るのが一番の喜びである全てに勝る
ふれあいは尊き縁のたまもので疎かにせず自分尽くそう
頂いた縁ありがたく誠実に応対すれば互いに楽し
出会いとは不思議なものだいい縁を心澄まして味わいゆこう
余裕ないそう思っても余裕ある態度を見せて良縁もらう
いいことだそう思ったら即やって人との縁をつくってゆこう
よい縁はさらに良い縁つくりますアンテナ張って出会い実らせ
縁あればそれ大切に育てゆき自分を磨く機会にしよう
人は皆無数の縁の中に居るどう生かすかで大輪に咲く
良い縁を結びたければ謙虚にて感謝の氣持ち忘れず居よう
良い縁は自然に出来ず作ろうと励み続けて育ってゆくよ
良い縁を結ぶためにはよく氣付く人になるのが一番である

良い縁は真正面からやってくるそれを掴める感性持とう
良い縁は求めなければ生じない常に心のあり方次第
良い縁は努力しないと遠ざかるひたむきならば人心つかむ
良い縁は維持する努力必要で深く噛みしめ感謝し続け
良い縁を保つためには努力要る感謝いたわり思いやりにて
良い因は良い果を結ぶ心して素敵な縁を作ってゆこう
いつの日もどんなものにも感謝して過ごしてゆけばいい縁できる
いただいた縁はほんとに有難くそれをどこまで大事にするか
喜びの最たるものは人の縁誰と食べたか誰と行ったか
人の縁分相応にひとつずつ築いていったけして急がず
生きていて身近な人の縁こそが掛け替えもなく疎かにせず
どのような小さな縁も大切に誠実ななか向き合ってきた
人間が出会う縁など知れているならば絆を深めてゆこう
得た縁も求めることの多ければいつしか途絶え疎遠になるよ
謙虚さと感謝の氣持ち持つならばすてきなご縁恵まれもする

出会い

わが思い深くなるなら絶対に必要な人巡り会えるよ
すごい事やっているのに普通だと思う人らに出会って変わる
自己の持つ力に蓋をしてないで高く跳んでる人と出会おう
我が尺度越えたお方に出会ったら理解しようと努めてみよう
衝撃を受ける人との出会いから自分に目覚め何かが変わる
精神の高さ誰にも負けないと感じる人に出会えて嬉し
素晴らしい人と居るなら素晴らしい能力育つ出会い生かそう
素晴らしい人に出会って自分なら身の丈にあう何するか問う
出会いこそ自分の力引き出してくれるチャンスだ積極的に
どのような出会いもすべて学ぶネタ自分次第でチャンスに変わる
頂いた出会い活かしてさらに良き縁結ぶにはまず行動だ
新しい人と出会えば新しい自己と出会って人生変わる
出会いあり今まで知らぬ自分との出会いも生ず人みな師匠
人物を見抜く見識養って出会い実らす人たらんとす

日常に追われていては出会っても実り結ばず素通りあるよ
囚われがあると素敵な出会いでも見過ごすことが往々にある

自己発揮

他の人を受け入れ認め思いやることこそ一番大切なこと
守られて育ったならばいつの日か守る立場に立つべきであり
お互いに自立している状態で言いたい事を言い合えるなら
人はみな得意な分野持っている味を引き出し時楽しもう
それ自体良き味わいを出しながら他と協調の豆腐の如く
純粋な氣持ちを持って接すれば思い必ず相手に届く
背伸びせず等身大の自分出し人と交わり素直に学ぶ
飾らずに自分出すのが一番で真実こそが通じるだろう
常日頃自分のすべてさらけ出し人と交わり我練るならば
誰にでもスキはあるもの隠さずにそれを見せれば付き合い良きを
我がもつ弱み認めて隠さずに良きも悪きも見せるべきかな

出来ることさっと供して出来ぬことすらり頂くお互いさまで
賓客に接するごとく人遇し目下のものもあなどらぬなら
我《が》を出して意地をはるのもほどほどによき関係を探ってゆこう
下手にて人喜ばす道あれどプライド捨てて追従《ついしょう》するな
＊追従：人のあとにつき従うこと。転じて、こびへつらうこと

共感

共感し氣持ち汲みとるその中に好意生まれて関係実る
話聞きまるで自分の事のよに共感すればひとつになれる
共感をしながら聞けば感動も共有できる素敵に聞ける
ひたすらに信じる道を歩くなら共感をする人現れる
他の人と心が合って高揚の氣持ち感じる時至福なり
わが過去のいちばん嫌な事さらしお互いさらし共感できる

尊敬する

命とは素晴らしきものどの人に対する時も尊敬保ち
人物に惚れて心を動かされ敵将なれど厚遇与う

褒める

ほめことば太陽に似て人照らし花開く道つくってくれる
ほめること上手にできる人になり彼も私も朗らかになる
他人への好意あふれる人からのほめる言葉は体に沁みる
その昔ほめてもらった想い出を思い出すたび灯りがともる
的確にすぐれたところ誉められる人は宝だ理想の様だ
人づてに我をほめてる話聞き直接よりも嬉しさ太る
ほめるには相手の氣持ち理解するそれに尽きるねうまくするには
ほめるとき具体的にが一番で人の心にしっかり入る
ほめるには具体的こそ好ましく氣持ち溶け合うひとときになる
良い評価与えられたらその評と違《たが》わぬように努めるものだ

悪口をひとつも言わずお相手の美点ほめあげ成功したし
ほめること氣がけてやってみませんか日に日に氣分上向きますよ
立てられて不快に思う人のなしほどよく褒めて和やかにする
失敗をしてもけなさずほめてあげ自信戻してやる氣引き出す
きれいだと言われ続けた美女ならばそうほめられて幻滅もする

叱る

叱るならその場でしよう許すとの心を持てば相手に入る
叱るとき逃げ道与え責任の半分かぶりやる氣出さそう
叱るには相手の器考えて受け入れ限度心得ながら
叱られた思い出まさに今に生き叱られたのは感謝の記憶
まず褒めてそれから苦言さらり言いこちらの真意相手が受ける
他の人の迷惑になることしたり弱者に強い態度は叱る

忠言《ちゅうげん》や諫言《かんげん》などが過ぎるなら疎《うと》んじられて嫌われるだけ
＊忠言：真心からいさめる言。忠告のことば
＊諫言：目上の人の非をいさめること

怒る

怒りとは自分自身がそうさせる怒らぬ道も選べるはずだ
怒っても他所に及ばず翌日に持ち越しもせぬ人の良きかな

詫びる

喧嘩したあとのお詫びはきっちりとしかしさらりとするのがよろし
言い訳をして納得をしてくれる人は居ないねするだけ無駄だ
言い訳をしたくなってもぐっと呑み誠意で努め収拾図る
言い訳はすればするほど人格を落とし信用失ってゆく

責める

人を責め私が悪うございますそう思わせること難しい

ものごとを人のせいにし責めるのは無意味な事と氣付く人あり
君子なら自分に求め自己を責め他人の過誤は責めないものだ

非難

不当だととれる非難を浴びたとき「ただ笑う」のがすぐれた道で
人のこと非難するのは天向けてつばするに似て自分にかえる
非難することが身づいてしまっては心平和に暮らせぬものだ
手きびしい非難詰問たいていはなんの役にも立たないものだ

批判する

行動の伴ってないお人ほど平氣できつい批判をするね
批判する人は失敗恐れつつ他人依存の臆病者だ
批判などするばかりでは自己のこと出来ているよに錯覚するよ
人のこと批判をしても効果なくむしろ相手の怒りを買うよ
人のこと批判ばかりの人はみな自分を守り切っ掛けできず

陰口は伝わるもので穏やかでなくなるからは言わぬが正し
なにごともたえず自分を省みて相手責めねば動揺もなし
思いやる心を持って人の持つ欠点問わぬ姿勢が大事
よい面を評価し人と付き合ってたまに批判をする人の良き
人嫌う人は自分も嫌ってるまずは自分のいいとこ探せ
批判することに精力傾けず建設的な意見を持とう

和

自他ともに意見すっかり出しあって調和してゆくことこそ和なり
お相手をやっつけるのもあるだろが好かれるほうがよっぽど愉快
調和する心があれば違ってもそれ認めつつ和やかにゆく
他人から援助協力受けてこそ成せるものあり和を大切に
学問で自分修めて欲張らず他人と和する暮らしに至る

信頼

長年の苦労実って信頼を得る嬉しさよ地道にいこう
信頼を得れば自分の思うこと人に伝わり動いてくれる
お互いに信頼できる仲になり安心もらい感謝できれば
好意持ち人と対せばお相手も好意を持って接してくれる
交わりが熟しいつしかお互いに敬意おぼえる頃こそまこと
普段から他人のことを大切にしてればいざというとき通る
才能がなくても日々の生き方に見るものあれば信頼される
お相手を立派な紳士だと見なしそう対応し間違いはない
人として信頼おいて交わればのち途絶えても悪口言わず
泥棒に入った人を信用し出納まかせ以後過たず

挨拶

挨拶を元氣にしたらお相手に元氣な自分映って返る
挨拶は人の基本だきっちりと出来てようやく意見も通る

挨拶は人付き合いの潤滑油心をこめてきっちりやろう
挨拶を笑顔忘れず先手にてする習慣を身につけ満ちる
世が移り時代変われど礼のさま過去から今も大差なきもの
挨拶も簡単でないそう感じ日々真剣に実践重ね
おはようの挨拶のときお相手の名前を呼べば血が通いだす
挨拶を仕事すべてに優先し大切にして社風が光る

肩書

肩書で変わる付き合い当てならずそうしたものと割り切るがよし
肩書を抜いて素顔で付き合って自分が何か分かるのでしょう
そのままの人を好んで付き合えば肩書きなどは些細な事だ

距離

ほどほどの距離を保てる人になり互いのトゲで傷つけあわず
付き合いはさわやかな距離わきまえて心地よきなか楽しみましょう

おせっかいしない人にはいざという時に助けを求めやすきを
いつの世も親しき仲に礼儀あり距離をわきまえ楽しく過ごす
さまざまな立場の人と付き合うにほどよい距離が個々あるものだ
親と子や上司と部下の関係をほどよく保つ心を持とう
他人との境界すっと引けるなら自我の確立促されます
職場にて又は家庭で問題が生じ人との距離考える
他人への過度の期待や依存など氣をつけちょうど良い距離をとる
交わりはある距離置くが望ましく入りすぎねば互いに楽だ
初対面なのに個人の情報をあれやこれやと訊く無神経
プライバシー聞かねば付き合い出来ぬなら人間として幼稚であろう

力関係

わが力わきまえたうえお相手の力も知って対応してく
健全な人と人との関係は対等である甘えもなくて
譲ったら言いなりになる?そんなこと無いね相手に好感持たれ

影響

死んでのち我が精神の脈々と人に流れるこれ魅力かな
真実の歩み必ずなにがしか残れる人に余韻を残す
人の死後思いだすのはその人の心や言葉嬉しいところ
後進を育て我無きあとの世に豊かな時代来るごと励む
萩市には二十五歳の晋作の書が残ってる心に迫る
　＊晋作：高杉晋作
たくさんの人に影響もらいつつ今日も生きてる張り切らないと
同じこと言っても誰の言葉かで響きがまるで違ってくるね
赤なのに道路横断するならば心必ず弱ってくるよ
美しいものは無駄なくシンプルで接したあとの余韻上々
強烈な努力をせよと書き残しこの世を去った鬼才鮮やか
教育は火をつけること燃えている人で初めてそれができるよ
現実は何にも増して雄弁で有無を言わさぬ迫力だった
日常のささいな立ち居振舞いもいかに周囲に及ぶかを知る

行動をなした上での言葉には人を動かす力があるよ
正道をもって先立つ者あらば人らいつしか正しくなろう
割れたまま修復されぬガラス見て無法の心はびこってくる
割れた窓放っておけば犯罪の呼び水になる荒れが拡がる
人間が心のゆとり失うと目先のことに振り回される
人間はひとり光ればみな光り何もかにもが光ってくるよ
実行の力を持って無心にて人に感化を及ぼすならば

立場

他人とは意見違ってあたりまえ柔軟ななか取り入れもする
まず他人《ひと》の立場に立って考えて立場わかれば氣持ちも動く
それぞれが立場に応じ筋道を通す暮らしの好ましきかな
わが立場ちゃんと弁《わきま》えどのように振るまうべきか考えるべき
心こそちゃんと保てばお相手の立場もわかり歩み寄れるよ
他者の目で過去の事実を見ることを知って意味づけ大きく変わる

他の人の立場に立って考えるそれができればストレス減るよ
他の人の立場で過去を振り返り自己中消えて他者受け入れる
相談に来られる人の立場にて物を考え「旅」同行す
もてなしをするもされるもお互いに相手の立場考えてする
成功の秘訣は他人《ひと》の立場から物事を見る能力ですよ
お相手の立場に立って自分見ていかに自分が自己中か知る
お相手の立場に立って考えてストレス減って笑顔の増える
お相手の立場に立って協調のできる心を目指してゆこう
お相手の立場に立って考えて譲り合うならいい人生に
お相手の立場に立って考えず何と今まで鈍感なるか！

組織

流水は源のさま反映し清濁きまる組織もしかり
職場では互いに好意持つことが一番事をスムーズにする
お互いを認めあいつつそれぞれの持ち味生かす集団であれ

社員こそ宝と思い育てあげ皆一丸で働く社あり
長年の共同生活過ごすなか人の智慧寄り国家ができる
集団は個性が違う人たちで成ってるほうが助けあえれる
組織なら異質な人が居たほうが強くなるもの磨かれるもの
組織には異質の人が混じるから活性化して学びあえるよ
いろいろな価値観持った人集う異質集団ひとつの理想
組織なら他者受け入れる心持ち開放的で明るくしよう

第六章　心

心

心澄みいかなることに出会ってもちゃんと判断できますように
夜明けには静寂があり清浄だそんなありさま心としよう
わが心明るく保つことを得て清潔であれその二つこそ
おのずから溢れる心尊くて清きありさま磨いてゆかん
子供なら傷口人に見せたがる大人も同じ同情欲す
無力だと落ち込むなかれ我々はそこそこ人の為になってる
マイナスの氣分も自己に必要な氣付きの機会ありがたきもの
我にとりマイナスであれ感謝するそんな心を成功者持つ
暑さなど外の刺激にとらわれずそれを忘れる心を目指す
疲れたら体栄養欲しがるが心も実は欲しがっている
人間は根性たたき直さねば救われぬものそう心得て
この世には目ではわからぬ世界ありそこは真心しか通じぬよ
勇猛の心あるのは素晴らしく未知の世界も拓いてゆける
新しく仕事始めた頃のこと忘れずいつも初心を保て

心とはコロコロしてて定まらぬだから臨機に対応できる
一道や一業拓く人は皆不撓不屈《ふとうふくつ》の心を持つよ
＊不撓不屈：困難にあってもひるまず、くじけないこと
精神が奮い立つならもろもろの廃れたことも再び興る
神仏に頭を下げて生きていることを感謝し心も満ちる
恥を知り敬う心おこるのは人の最も美妙な姿
私心なく天の心に従って人に接する心を持とう
本当の信念ならば日々自己を強く導く力を帯びる
同じこと体験しても我が持つ心ひとつで随分変わる
恨んだり憎む心をすっぱりと捨てて精神健やかにする
諦めぬ心を親に教わって目先の利害に惑わぬ人に

我が心

新緑の燃え立つ如き心持ち童《わらべ》のように成長続け
住まいとか食が粗末であろうとも道を楽しむ心があれば

人としてまずは変わらぬ心持ち自己偽らぬことから氣がけ
喜びや悲しみにあい常日頃養っている心が出るよ
我が心ここに無ければ視て見えず聴いて聞こえず食らえど知らず
我が心失わないで今日もまた事に臨んで自分尽くそう
我が心誠であれば行いも整ってくる心が先だ
我が心柔軟にしてその知謀《ちぼう》湧くが如くの人たらんとす
　＊知謀：ちえのあるはかりごと

人情の機微を感じて応変の心があれば交わり楽し
ひとり居てふたり居るごと楽しんで時間過ぎゆく事もあるかな
本来の心きちんと見てますか氣持ち清めば見えてきますよ
極楽も地獄も外にあるでなく偏《ひとえ》に我の心にあるよ
　＊偏に：それだけがすべてであって、他の要素はいっさい入らないと強調する様子

心から自己が足りぬと悲しんで道を求める熱情あれば
一隅を教えられたらあと三隅自分で探る心を持とう
燃えるもの持っているならどのような底に落ちても這いあがれるよ

熱意こそ創造をする源泉だ誠意とともに保ってゆこう
誠意とは扇の要《かなめ》それ無くば天賦の才も実を結ばない
人間はおのが心の状態に合わせた暮らし氣付けばしてる
我が力出し尽くしたら天地への祈る心で道筋開く
どのような修羅場くぐれど我が心したたかにせず純粋であれ
したたかな人にならずに幾つでも純情でありときめく人に
＊したたか：非常に強いさま。てごわいさま
山中の賊はたやすく破れても心の賊は侮《あなど》り難し
＊侮る：相手を軽くみてばかにする。みくびる
我が道を貫く強き心持ち価値ある仕事目指してゆこう
我が心人のためにと使うなら心に余裕出てくるものだ
今迄の我の生き方最良だそんな心で今日を重ねる
どの仕事しててもそれに誇り持ちやれていているなら言うことないね

負の心

人間は一度何かに反感を持つと全てを悪意に解す
自身こそあらゆる悩みつくるもと事に対する考え方だ
恨むのもたいがいがよく引きずれば心の平和代償になる
仕返しは考えるなよその心自分自身を傷つけるだけ
一念が後退すれば目の前の障害物が巨大に見える
弱者へのまなざし欠ける心では普通の人も生きにくくなる
貧しくてひがまないのは難しく富みて驕《おご》らぬことなど易し
骨惜しみすれば手抜きをし始めて愛着湧かず心が荒《すさ》む
過食する人は心に空洞を持っているため埋めたく動く
いい話聞いてでもねと言う人は話を活かし変化ができぬ
他の人に氣に入られたい一心で調子を合わせ振り回される
不都合を他人に回すこととしては思いやりなく必ず返る

心遣い

助けあい生きてゆこうとする心人は誰しももともと持つよ
本当の誠意は空氣持っていて必ず人に通じるものだ
自己ばかり主張しないでお互いに尊重しあう心を持とう
一番は敬す心の発達だそしたら恥を知る人になる
慈しむ心は誰も持っているその氣になれば発揮もできる
ホテルには備品揃って料金のうちではあるが使わぬ心
レストラン使ったあとは食器などきっちり重ね氣持ちよく出る
肝心は我がしなくてよい事を少し多めにやることだろう
どのような小さなルールだとしてもひとつ破れば心弱まる
お金とか知識技術を活かすには人に対する優しさあれば

内観

内観とは、身近な人（最初は母親から）に対し、してもらった事、して返した事、迷惑をかけた事の三点を時期を区切って思いだしてゆく作業をいいます。してもらった事や、迷惑をかけた事が多いのに、して返したことはわずか、という氣付きがひとつのポイントになります。ひとりでも出来ますが、一度集中内観（一週間ほどの面接者の居る内観）を経験すると、思いが深まり、人の立場に立った考え方ができるようになったり、感謝の氣持ちが大きくなったりなどの効果があります。

内観で人の立場に立ちながら物考える習慣がつく
内観で違う立場の見方知りこだわり減って感謝が増える
内観で他者の立場に立ってみて感情抜きで事実を掴む
内観で他者への配慮増えてきて自己中心や他罰がしぼむ
内観で真の悦び知ることができる自ら氣付いてゆける
内観で何十年の恨み晴れ今や母への感謝に生きる
内観は魂洗う大手術決死でやれば奇跡も起こる
内観で清々しさと素直さが満ちる人へと変化してゆく
内観で意欲が増して積極さ協調性も膨らんでゆく
内観のゴールはどんな逆境も喜び生きる心得ること
恨みとか抑圧された感情が内観を経て感謝に変わる

内観で苦しいことも喜びと感じる人になろうと励む
内観に取り組んでいる人たちは常に磨かれ丸石になる
内観で得た洞察を現実の場面で使い問題直る
溝さらえ一度したとてゴミ積もる日々の内観たゆまず励め
ものごとを内観的に観るくせがつけば思考は深化してゆく
内観で忘れた過去を次々と思いだすなら感情豊か
内観で心の中に埋まってた宝掘り出し我がものにする
内観も重ねてすればだんだんと深い掘り下げ出来だしてくる
自らが見付けた事実しっかりと我が身に入るそんな内観
内観で過去思い出しその際に味わう感動心を変える
集中の内観すれば余裕でき客観的に自分見れだす
内観で自他の否定が肯定に転換します全てに対し
内観で家族関係回復し人付きあいも好転できる
内観で未熟な依存消え去って相互扶助する自立者になる
内観は鬱《うつ》長引かす攻撃や依存の性《さが》を取り除けるよ

内観で心境変わりさらに良く生きてく道を自ら見付け
内観で人付き合いの土台なる信頼感を家族で掴む
内観で過去の経験自他からの二つの視点通じて知ろう
内観をしたあとにくるなんだろうあの優しさに満たされた氣は
内観で深い愛情励ましに氣付き自分が確立される
内観で過去の事実を思い出し足るを知ること実感すれば
内観で自他の認知の歪み消え我欲・我執を去る人多し
他者からの愛と自分の罪（自己中心性）探り直視するのが内観の道
内観は自己発見だ我執から解放されて悩みも消える
内観で自己否定経て個としての確立なして自己肯定に
内観で過去の自分を洗いだし今の自分の変革めざす
内観で過去の事実や思いこみ総点検し成長目指す
内観でしてもらったり迷惑をかけたこと知り恨みも消える
内観で自分のせいで迷惑をかけた事知り一歩前進
内観で自他への理解深まって温かくなり意欲も出よう

内観で自己中心な我知るがそれでも愛を頂いていた！
内観で本当の我探し出し氣持ち落ち着き心も通う
内観で人それぞれに深みある体験をして爽やかになる
内観を繰り返しやり深まって事実の奥の真実を知る
内観で自己の考え変化して家族関係とらえ直せる
自己弁護し続けていた思いぐせ内観をしてがらっと変わる
内観で「育ち直し」を体感し信頼感が修復される
内観で自己を考え変わらねばそう思いだし感謝が芽生え
内観で人への信頼膨らんで愛されたこと感じて変わる
内観にゴールはなくて日々すれば新たな深い境地に至る
変えたいと内観受けてみたけれど変わりたくない思いも潜む
つっぱりが内観を経て優しくて丁寧になりみんな驚く
迷惑をかけた事こそ内観の眼目《がんもく》であり振り返るべき
　＊眼目：物事の肝心なところ。主眼。要点
内観で健康的に自立して自分眺めつつ人理解する

内観で愛情飢餓を克服し自他を信頼する人になる
内観で人相までも変化して至らぬ自分存分に知る
内観で過去思い出し吐きだしてげにすっきりとした顔になる
内観で徹底的にこの自己と向き合うことが成果もたらす
親のこと厳しく見てた自分だが内観を経て間違いと知る
内観を家族のひとり経験し互いに心安定しあう
内観をする人が持つ問題は潜在的な家族のそれだ
内観でわが身体を慈しむ氣持ちの起きて体良くなる
内観で自分の心癒されて病もいつかつられて治る
内観で過去から学び現在を修復できて未来に備え
内観で過去振り返り今までの我が人生を生き直してく
内観で過去の事実をありのまま正しく捉え前進掴む
内観は過去振り返る作業だがありのままこそポイントである
内観し思い返した出来ごとは言葉にすれば定着もする
内観で感性が研ぎ澄まされて街の緑も輝いてくる

人の道

人として踏むべき道は世を問わず天地自然で変わらぬものだ
東西や古今を問わず人として生きる道理は共通してる
人知などはるかに超えた働きが人生にある畏敬忘れず
人間は際限のない恩のなか生かされているそう氣付くなら
この天の動き少しも休まない人も同じくひたすら生きる
自らの天理を感じ悠々と白日の下大道歩む
受けた恩忘れずいつか返そうとすれば宇宙の働きもらう
辿るべき道は身近にあるもので例えば親を愛すればよし
人として取るべき道を学ぶなら他人愛して従順になる
倫理とか道徳ちゃんと守られて暮らしてこその文明である
生きる意味何かと問えばまぎれなく真の自分になることですよ
ワタクシが真に欲しがるものは何多く失い見えることあり
幸不幸それ決めるのは自らだだから人間平等なのだ
苦とは何それは外にはあらずして内にあるもの自らの作

何が禍《か》で何が福かはわからない正義を守り陰徳積もう
　＊禍：わざわい。災厄《さいやく》

わが道は自ら造り拓くもの宇宙ともども刻々変わり
近道をとれば多くは行き詰まる時間かけても大道をゆく
人生を極めた人は誰もみな苦抜けの法を得た人だろう
能力が劣っていても真剣な人が最後の勝利者になる
人生で大切なのは心地良さ感じるなかで動くことかな
かかわった人も一緒にでかくなりはじめて望み叶うと言われ
仁の道まずは自分を修めつつゴールは人を治めることだ
いざという時に頼むに足る人はそんなに居ない現実を知る
人生は行きすぎよりも多少とも不足氣味にてほどよくまわる
ワタクシが私捨てればあなたありあなたが捨ててワタクシがいる
傷治し元氣になってまた傷だ人は死ぬまでその繰り返し
多事多難そんな人生念ずれば花はひらくとつぶやきながら
人生は思いどおりにいかぬものだから抑制工夫学べる

誰も皆悩みや不安持っている自分だけではないぞと知ろう
一生で流す涙に限りあり若い時分に存分流す
名分《めいぶん》を最初正すを怠ればその後乱れが続々起こる
＊名分：道徳上、身分に伴って必ず守るべき本分

人徳の高い人には官位あげ功績者には褒賞を出す
能力と公平無私な心みて人を官位につかせるべきを
秘密裏にわいろ貰って黙っても天が知ってるいずれは漏れる
与えられ得をしたかと思ったが実は損する事であったよ
欲しいもの何でもすぐに手に入るそれは不幸の始まりである
欲心があれば求めるところあり利や勢いに必ず屈す
天の理はあまねく人にいきわたり悪はかならず報いを受ける
人としてとるべき常の道がありそれ外れては辱められ
義務せずば暮らしだんだん窮屈になってゆとりもいつしか消える
義務をせずそのたび暮らし窮屈になってゆく愚を避けねばならぬ
自分さえ良ければいいと民思いそれに合わせて政治も堕ちる

悪事する者と評判立ったならあらゆる悪が集まってくる
できぬのは人や環境悪いからそう思うなら向上しない
約束を守り他人をあざむかぬこれ大切で心掛けたし
人生を楽しむために悪事せず心が充ちる道を歩こう
これまでの知識経験分別をすべて捨て去り過ごす道あり
人心は吸い殻ひとつ落ちてても乱れるものだマナーが大事
自らがされたくないと思うこと人にはせぬと誓うが遠し
世代から世代へこころつなぐには終わり全うするが肝要
人の為やろうとすれば意氣あがり頑張りきれるそうしたものだ
ウッカリと過ごしなさんなシッカリと過ごしてこその人生ですよ
人間は体ひとつで生まれ出で自然に還る無欲になれば
すべてみな移りゆくから怠らず道を努めて生きるべきなり
人生は苦楽をいつも繰り返す一喜一憂しないで暮らす
大切にされすぎた人あとになり苦労をするね皆通る道
人生は「へ」の字のごとき山続き今日もひょっこり越えていきます

才能は必要だけど人格はそれを動かす大きな力

余裕

争わず万流受ける海のごと心広げてけんかも成らず
心澄み四季のうつろい感じつつ生きる姿に満足できる
大空を自由に駆ける風のごと詩的心で風流愛す
人生は一篇の詩の如くにてその創作を楽しみやろう
他人への思いやりあり寛容で孤独に強く楽観的に！
正解は人それぞれにあるものだ視野広がれば余裕もできる
人はみな違う感覚持っているそれを楽しむゆとりを持とう
どのような場所に居ようが静寂を感じておれる人を目指そう
乱世でも心養い余裕持ち風雅のにじむ風情が嬉し
空のごと広くあるいは水のごと柔らかである心を持とう
水のごといかな障害起こるともさらり流れる心でいこう
ハンドルの遊びのように心にも余裕を持って暮らしたきもの

目標を過度に立てずにゆとりある心で事に当たれるように
氣概ありどこかゆとりも併せ持ち楽しむならば生まっとうす
ひとりでも楽しい時間持てるなら人とも時を楽しく分かつ
本当に人を愛するそのために独り楽しむ心がいるよ
得意なら淡々としてあっさりで失意は泰然自若《たいぜんじじゃく》で過ごす
＊泰然自若：ゆったりと落ち着いて平常と変わらないさま

足取りも軽く生きよう深刻になりすぎ自分追いつめないで
ふだんから笑顔絶やさずやなことも笑い飛ばそう余裕を持とう
繊細に感じるけれど鷹揚《おうよう》に人と接する姿目指そう
＊鷹揚：ゆったりと落ち着いていること

自身には厳しく接し人のこと広い心で目くじらたてず
慈愛あり私心《ししん》なくして広く見て先に出ようと競争しない
＊私心：私欲をはかる心。利己心

我が持つ不完全さを楽しんでそれこだわらず世界広がる

好奇心

好奇心なくさぬように心掛けずっと活力保ちたきもの
好奇心あればこそなり他の人を思いやれたり仲育つのは
異性との愛をはぐくむ根本は好奇心なりなくさず居たい
未知なもの目指す好奇や冒険の心保って楽しみましょう
好奇心それと真心ぶつけあい喋る夜長は七色変化

心得

人生は太い筆にて細かい字書く心にて過ごしてゆこう
頂いた枠を一杯使わずに少し残して次につなげる
恥を知る心を保ちある時は自己を犠牲の氣持ちもあれば
お客から尊重されるその為にきれいな車使って訪ね
人間に欲望止める美学ありそれを意識し保っていこう
外食し食べた器をできるだけ綺麗ななりで返す心で
我が道は自分で努力工夫して切り開くもの諦めないで

九割を達成してもまだ半ばそんな氣持ちで事にあたろう

心構え

喜びと感謝の心忘れずに陰徳をつむ暮らし目指そう
いつだって心に善意満たすなら善意引き寄す人となってる
この天地創り育てる大いなる力と共に生きる氣持ちで
天という人智を超えた存在を相手と見立て自分を尽くす
神祭る時はまさしく眼前に神が居るよな氣持ちで臨む
なにごとも道のあるものそれを知りひけらかさない人を目指そう
弓を引き的に当たるは二の次で心構えの純粋さ問う
人生で大切なものちゃんと知り信念持って生きたきものを
「あ」りがとう「い」たわりながら「う」そつかず「え」がおで人を「お」もいやる人
世の中はチャンスしかないピンチ?など自分次第でどうにでもなる
どんな事起きてもそれを成功と思える心保って伸びる
前向きな心構えと自己の身をよく省みる氣持ちがあれば

危機感や緊張感を好調の時も無くさず持続できれば
勇氣ある事は大切だけれどもそれを制する正義が要るね
人のため社会のためを優先し取り組む人が輝いている
根が広く深く張るなら葉も繁る根本のこと疎かにせず
どれ程の知識技術があろうとも心構えの如何で決まる
転がったコップは水を貯えずちゃんと立ってるコップでいよう
人生をいかに生きるか常日頃自問自答し人物を練る
なすべきを知りて喜ぶ心持ち事にあたれば振り回されず
創業の精神それは緊張の精神である忘れるなかれ
妥協せず年相応の新年の心構えを持とうじゃないか
努力する者は必ず報われるそう心から信じて剛《つよ》し
わずかでも希望があれば突き進む強い精神持とうじゃないか
失敗をせぬよう念じするよりも喜ばそうと思ってしよう
変えられぬことは受けいれ変えられることは変えてく勇氣を持とう
財産や地位を有して偉いなど錯覚せずに自己かえりみる

あり余る時こそ感謝忘れずに不幸にならぬ氣掛けが要るよ
他の人の自己に対する評価などどうにもならぬ氣にせずいこう
世間とは毀誉褒貶《きよほうへん》のあるところそれが及ばぬ深さを持てよ
＊毀誉褒貶：ほめたりけなしたりの世評
前例にこだわる心脇に置き新たな地平拓いてゆこう
見て見えず聞いて聞こえずわが心スイッチ入れてそれ改める
どんな目に遭わされようが根にもたず引きずったりはすまいと思う
不満とか愚痴は心に留めおきて未練がましく漏らさぬことだ
出世した同期ねたまず悔しがりそれを自分の力にしよう
根無し草花をつけぬよ人間も信念無いと花は咲かない

氣持ち

両足が無くても氣持ち快活に過ごす人見て考え変わる
運がいい何が起きてもその心忘れず過ごし幸運を得る
人生は満点とれずそれでいい心伸び伸び暮らしてゆこう

年齢に応じ楽しみあるけれど氣持ちは若さ保ちたきもの
人のこと好きになるのは理屈抜きいろんな好み相性のあり
大切にしたいものこそ見つかれば迷いも減ってくっきりとなる
心から湧き出る望みあらわれてはじめて努力する氣になるね
他の人がみんなやってる事だから同調しようそればかりでは
満たされていつも中々氣付かぬが欠けてる事はすぐさま氣付く
過去のことどんな氣持ちで眺めてる感謝してこそそれが活きるよ
バーならば接客されて居心地がよければ再度足も向くもの
やるならばワクワクしつつ汗流し人にワクワクおすそ分けする
する事に根拠はないが自信あるそんな氣持ちになれればいいね
何事も無心な氣持ち保ちつつ直観力を高めて応ず
所属するひとりひとりの意識こそ国の品格決める要素だ
貧乏をしている時に屈辱の仕打ち受けたが人にはすまい
返事とか服装とかにその人の今の氣持ちがよく出ているよ
百薬も心ひとつの安らぎに敵わぬものだ氣持ちが大事

我《が》があれば人の長所が見えぬもの我をとり人に学んでゆこう
明日やろうそのうちいつかまとめてねすぐにやらねば氣持ちはしぼむ
お相手の氣持ち尊重することは人付き合いの基本であるね
わが氣持ち大切だからお相手の氣持ち等しく大切にする
忙しい時に心を落ち着けて冷静に見る氣持ちを保つ
死んだ氣になれば客観視ができてあれこれ思い煩わないよ

感情

感情は電氣のように伝わるよ好意を寄せる氣持ち抱こう
他人から好かれたければその人を大事な人と思う心で
湧いてくる感情うまく活用し自分高める力に変える
人として喜怒哀楽をはっきりと味わいながら暮らしてゆこう
感情に囚われないで我保ちときには自制することもある
情け受け恩に馴れるし図にも乗り遠ざけられて怨《うら》む人あり
人生の深い喜び悲しみを味わった時詩は生まれ出す

感じる

本心を感じて胸が熱くなるその経験が心を肥やす
情熱は物に感じることにあり感動心の尊いものを
感動ができる心はどの人も持っているのだ磨けば出るよ
電話でも人の氣持ちはありありと伝わるものだ空氣が変わる
好感を与える人はお相手の氣持ちを汲める心持ってる
わが心振り返ってるお人には人の氣配り骨身に沁みる
感じよい人はとりわけ敏感で他人の痛み想像できる
目に見えぬものこそ実は大事にて心を感じ配慮をしよう
その時の場の雰囲氣を感じれば話のネタが自然にできる
良いことをしっかり掴むそのために感じる力伸ばしてゆこう
人の持つ痛みほんとは判らぬもわかろうとする人でありたし
どの道も披露の人の結果だけ見ずに努力を分かる人たれ
感動をする心こそ肝心で人の進歩もそこから起こる
他人との共感力を豊かにし独自の個性伸ばしてゆこう

受け入れる心があればさまざまな人からエキス吸収できる
イエス・ノーその間にはさまざまな状態のあり空氣感じて
押しつけに困った時もお相手を汲んでひとまずありがとう言う
お蔭さま社会や親の恩義受け生きてることを実感しよう
感性は人それぞれでその違いこそが醍醐味ぞくぞくしたよ
お相手の寂しさなどに氣がついて流す涙が本物だろう
人間のひとりの意志で動かせぬものを感じて心養う
神様が確かに居ると感じとる時があります人知らぬなか
氣の毒だ大変だろう助っ人をせずにおれぬと人思うなら
人間は助け合いつつ生きている相手の氣持ちきっちり汲んで
傷を受け痛むはずでも大脳が他に向いてれば痛み感じず
感性は暑さ寒さを肌で知り体動かし身につくものだ
偉人とは暮らしの中に燃えるよな情熱持って活かした人だ

愛情

恋をして愛を覚えて実践し情緒あふれる人になるかな
頂いた愛情などを思い出し他者を肯定する人になる
他者からの愛に氣付いて他者のこと肯定しだし自分のことも
たくさんの迷惑したが愛されていたと氣付いて心を開く
大切に育てられたと自覚して我肯定し個を確立す
愛情を受けた体験実感し怒りが出ても切り替えれだす
ぎりぎりの場面で自己の氣持ち知り恋愛まさに本物になり
どん底をささえてくれた心《しん》からの無償の愛に心打たれた
愛情を確かめたいという心我になくても人にあるかも
してくれぬ事で悩まずしてくれた事思い出し氣持ち上向く
ギャンブルにはまるひとつは愛情の欠乏感だ癒せば治る
友愛は互いに思い助けあい共に大成期す努力かな
愛こそは人を無我にし無欲にし真の勇氣や落ち着きを生む
付き合いが上手くいくのはその人に如何に愛情注ぐかによる

愛する

心から愛せる人は幸せだここぞの時に絆深まる
嫌なとこ含め全てを愛せます自分のことも他人のことも
打算なき愛を捧げて暮らすなら見えぬ世界の力も受ける
他人への悪意を捨てて愛をとりそれを心の柱としよう
人はみな自己相応に恋をする恋愛見ればその人知れる
愛される心地よさより人愛す苦しさにこそ喜びがある
真に人愛する道はその人の徳を高める行為であるよ

情け

温かい人の情けに触れたとき自分もそんな人にと決める
見返りを求めぬ好意お相手の心に届きいつかは返る
人はみな何か心の傷を持つ温もりあげて癒せる人に
誠実な人は心の痛み知り小さいものを疎かにせぬ

素直

素直なら私心持たずに物事をあるがままにて見ることできる
願望を叶えれるにはわが心素直なことが根本だろう
どの人も素直な心持っているそれはっきりと認識しよう
知識とか知恵は素直さおおいます自己の宝に氣付けばいいが
素直なら物心ともに豊かさが膨らんでゆく喜びできる
素直とは誰であろうと何であれ謙虚に耳を傾けること
素直なら思い通りにすべてゆくそうなるように順応できる
わが心素直になれば物事の実相わかりストレス減るよ
お互いが素直になると口にしてそれを目指せば早道だろう
とらわれぬ素直な心保ってる？いつもそうして自己点検だ
すなおとはすごい、なるほど、おもしろい接する人もどんどん乗るよ
人として素直さこそは褒むべきで謙虚な姿勢一緒にあれば
人として素直な心保ちつつ謙虚にすれば一番だろう
龍馬にはケタをはずれた素直さと我なきほどの柔軟さあり

謙虚にて素直な心保つなら人と話して自分に氣付く

謙虚

及ばざる自分と思い日々努め挑戦続くそれぞ人生
無我になりこだわる心なくなれば人は自然と謙虚になれる
謙虚なる心自然と身から出るその姿勢なら順調にゆく
謙虚なら言葉やしぐさ人相にその性質がそのまま出るよ
輝いてカッコいい人だいたいがまだまだですと謙虚であるよ
力ずく人を押さえることできぬ力あっても謙虚がよろし
有能であっても少し控え目に生きればよくて生まっとうす
才能をひけらかさずに控え目に振る舞うさまを身につけるなら
教養をひけらかさずにお相手に自分上手《うわて》と思わせ譲る
見て聞いて知ってることは世の中のごく一部だと謙虚になろう
慈しむ心を持って控え目で人の先には立たぬがよろし
学んだが実行面はまだまだだそんな心で毎日励む

才ありて持ちあげられて潰れるな常に謙虚な姿勢を持とう

栄えても感謝の氣持ち忘れずに謙虚に人と交わりゆこう

謙虚さと親切さ持ち後味のよい毎日を過ごしてゆこう

ものごとが上手くいきだす時にこそ謙虚さ保ち足すくわれず

情け受けもったいないと感謝して謙虚な心保って生きる

恵まれぬ昔の頃を振りかえり謙虚に生きて品性富ます

長続きする人いつも謙虚なり劣る自分を認め直して

平素から謙虚な心保つなら大事に際し行い清し

柔軟で謙虚な姿勢持ちながら洞察力を鋭く保つ

恥を知り礼義わきまえ謙虚にて社会正義に自分を尽す

このわが身不完全だと自覚して深い謙虚さ持ちたきものを

お相手に問題あれど我の非を洗う心が解決さそう

傲慢は徳を害《そこな》う最大の原因である謙虚であろう

謙虚さは美徳だろうが度が過ぎて煩わしいと思われぬよう

謙遜もあまり過ぎると効果なく馬鹿にしてると取られることも

控え目は自分かばっているだけで傷つくまいの狭い場合も
礼儀持ち正しい道を行って謙虚な様で偽らずゆく

誠実

誠実な人こそ伸びる愛情と努力豊かに真剣なれば
拙《つたな》くも心をこめて接すなら人の心にじわじわ入る
誠実な行動力が何よりも会社の空氣良きものにする
誠実さ保ち久しく続ければ必ず何か得るものあろう
人として生まれた身なら天を知り天に順い誠を致す

孝行

孝心《こうしん》は天にかなった氣持ちにてあらゆる徳の根本である
＊孝心：親に孝行を尽そうとする心
孝心は恩に感ずる心にてそれ孝行とならねばならぬ
孝行は親楽しますことであり心伸び伸びゆったりさせる

健やかに育ち才能徳操を発揮する子が親楽します
家庭では父母につかえて孝尽くし外では目上敬うならば
わが親の恩に報いる心持ち物だけでなく心を尽す
性格や運は人みな違うなか孝をいさんで行いゆかん
孝心の厚い者なら親の死後急にやり方変えないものだ
子としては身の健康を心がけ保つことこそ孝行である
孝行は愛と敬い持ちながら親に仕える道程である
言動をかりそめにせず親に孝子に慈愛ある人であるなら
＊かりそめ：かろがろしいこと。なおざり。おろそか

小欲

あるがまま今の姿に満足し足るを知るなら災いもなし
人として正しく生きてゆけるには欲を少なくするのが早い
夢があり欲張らないでちょっとずつ満たす暮らしがおすすめですよ
わが力過信をせずに身の丈にあった幸せ探してゆこう

正しいと信じた道を貫ける強さは欲がないなか育つ
馬鹿になることを勧める人のありそれは損得忘れることで
わが心養うために無欲なれつまらぬことに氣を散らさずに
無欲とはわが精神が向上の一路を進む無雑《むざつ》のいいだ
＊無雑：まじりけなく、純一なこと

欲を捨てまじめに日々を過ごすなら恵みもあろうそんなゆとりで
たくさんの努力重ねて得る成果小さくてよしそんな心で
地位につき富を得たのちそれら去り神の如くに無欲に過ごす

知足

欲望の虜《とりこ》にならずほどほどの楽しみ見つけ安らぐが良し
手の届く人並みほどの幸福を大切にして日々暮らします
有るもので満足できる心にて今を楽しむ人を目指そう
持っているものをあらため振り返りそれに感謝をする氣になれば
人間の欲はキリなし自己の分《ぶ》をわきまえあまり望みすぎずに

ほどほどで十分ですと足るを知り望み過ぎずに平安を得る
快楽はほどほどで良し足るを知りこれで十分それで円満
足るを知り多く求めずあるもので心を充たす暮らしをしよう
足るを知ることを覚えて心満ち不平消え去り幸せ感ず
汗や金かけず幸せ手に入る今あるものに感謝をすれば

執着

何ごとも人のせいだと思い込み人生狭め苦しむまいぞ
恨んでも自分損なうばかりなり他人に依らず自己責任で
思いこみ囚われすぎていませんか心のコリは払えるものだ
こだわりがあると尽くしてくれた事思い出せない心になるよ
我に無い人の良いとこ氣付くにはこだわり捨てて接するべきか
こだわりが心の底にあったけど見つめ直して消え去りました
いつまでも過去の出来ごと引きずらず見方を変えてそこから抜ける
あくまでも自分自身の心知りわだかまりなど溶かしてゆこう

長年のこだわり解けて穴があきそこへ新たな視点を入れる
執着しかくあるべきとこだわれば幸せそこにあれども知らず
執着はわが精神の生命を消耗させて損失多し
執着は悪しきくせなりそれ離れ誠をいたす努力をしよう
執着が減って悩みが消えうせるそんな事ある愛感じれば
暮らすなか我が我執との戦いを続け人とも調和してゆく
管のぞきそこから世間見るような狭い了見陥らぬよう
理屈こね頑固に自分主張するそんな人なら変わる努力を
物事の一面だけに囚われず心自在に応じたきもの
貪らぬことを宝と心得て物に執着しない人あり
忘れ去りこだわりなくし自由なら心無尽に働きだすよ
私心なく正しいことに従えばこだわることも無くなってくる
他人との仲の良し悪しひきずらず正しいことは認める心
囚われる心をなくし平常の心を保つ対処を目指す
囚われを無くし無理なく行動をできる自分を目指してゆこう

囚われず意志の疎通を存分にやりあう仲の好ましきかな
権力に執着をせず否定せず自然にまかせ役も務める

利己

自分さえよくなればとの思いでは生きる喜びいまだしである
自分さえそんな氣持ちで皆やれば治安乱れて住みにくくなる
寛大な心を持てば率直な諫言浴びて学びもできる
不都合が人のせいだと逃げるほど思いにはまり苦しむばかり

利他

みずからを忘れ他人を大切に思える人の人らしくあり
きびきびといつも世のため人のため尽くす心で心身使う
わが内の仏性われを動かして親切させる損得抜きで
思いやる心を育て弱者への労りのある人たるべきで
能力をちゃんと弁《わきま》え身のたけの助言助力を続けてゆこう

アドバイスするのはいいがお相手の実になるそれをしようじゃないか
悟ったがなお留まって人救う菩薩のような心持てれば
おのれより人の幸せ願うなら憂いなくなり堂々となる
他の人を大事にできる人ならば辛くもならず待つことできる
役割があれば嬉しくわが力他人の為に使ってこそだ
人のためボランティアして結局は自分の価値が実感できる
親切を立場の弱い人にして自分自身が救われてくる
自己忘れ他人を利する努力して無我夢中こそ楽しき世界
わが時間自分以外の人のため使う人なら輝いてくる
わが利益度外視をして人のため動ける人は本物だろう
できるだけ自分以外の人のため生きる心でよい人生を
自己の持つ物やお金や時間など他人の為に使えるならば
欲しがらず無償で人に尽くすなら無限の愛に満たされてくる
感謝など期待をせずに内的な与えるという喜びを知る
自分だけ利益得ようと思わずに人への配慮忘れず動く

わが身のみ利益得ようと考えず人の利益も考えまるく
関係が続く人への親切は難しいけど挑戦しよう
料理など与えることが楽しくてそうすることで十分得てる
大切にされたいと皆思うけど自らやって大変さ知る
お布施には大小の無くわが氣持ち他人に向けて心を配る
お相手に心の負担つくらない程のサービス好ましくある
どん底をつきぬけ同じ経験をしてる人らの支えとなりぬ
お店でも賞味期限の迫ってるものから買って廃棄を減らす
相当に自分を捨てて人のため働いている人から元氣

氣分転換

ある程度頭使って疲れたら運動がよし歩くだけでも
うさ忘れ体動かすスポーツはおすすめですね爽快になる
大いなるものに触れると我が欲も昇華されます高尚になる

勇氣

勇氣とは強い相手にひるみなく正義貫く雄々しき心
わが勇氣高めたければ実際に使い強める以外にないね

意志

朝醒めてぱっと起きだすくせつけば意志の力も強まってゆく
父母からの贈り物なるこの命酔生夢死《すいせいむし》に終わらすまいぞ
＊酔生夢死：何のなす所もなく、いたずらに一生を終わること
極限の状態のなか希望とか夢を捨てない強い意志あり

慎独

だれも見ずいつ止めたとて咎めなしそれでも修行続ける太さ
慎独《しんどく》は肝要であるたとえそれ人知らぬとも自分をつくる
＊慎独：自分ひとりで、他人のいない所でも、身を慎むこと
人目なき時も決して手を抜かず一歩一歩が自分をつくる

このわが身修めることが第一でそれができれば国も治まる
誰も居ず善からぬことをしたとても顔や態度にただちに出るよ

覚悟

身に危険迫ってきてもたじろがずわが身投げ出す心があれば
人生に対して覚悟決めたうえ日々精進しホントに生きる

悩み

ひとつずつ悩み乗り越えたくましい人に近づく一生かけて
小事には愉快な視点つくるならもはや悩みでなくなると知る
お悩みはあながち困る事でなく良き産物をくれるきっかけ
お悩みは命見直す良いチャンス幸せつかむ階段ですよ
どの人もお悩み持って生きている我もそうだよ恵まれている
人として深い苦悩を持つことは我の肥やしでありがたきこと
憂いこそ人物を練るよき機会悩みぬいたら余裕もできる

悩むとき心育つと心得て頑張り抜いて新たな境地
世の中に乗り越えないとその次のステージ行けぬ悩みがあるよ
お悩みは受け止め方を変えたなら自分らしさという武器になる
お悩みや壁は未来のネタになるそう考えて打開を図る
世の中に心痛あるがその多くささいな事が原因である
お悩みはよくあることと考えて氣持ち軽くし乗り越えてゆく
弱点をさらけ出せれば氣が晴れて悩み小さいそう思うかも
人生を悩んで過ごす愚に氣付き小事離れておおらかに生く
他人との比較からくる悩みなら悩む価値なし氣にせず進め
人間の悩みの多く占めるのはほかの人との比較であるよ
妬《ねた》みとか羨《うらや》ましいという氣持ち価値ない悩み作りだしてる
ハンデ持ち頑張る人がそばに居て自分の悩みいつしか晴れる
悩んでる時は自分を守ってる固執を離れ解決さぐれ
お悩みの多く些細なことでありそれで病を得るのは損だ
お悩みがほんとに起こる確率を考えてみて悩まなくなる

お悩みが起こる確率冷静に考えてみて氣持ち落ち着く
お悩みを言葉にすると問題がはっきりとして対策わかる
ストレスは避けられぬもの立ち止まりそれの利用の方策探れ
淋しくて可愛がられる人ねたみいじめ重ねる子供も居たよ
人は人誰もお悩み抱えてる比較をせずに自分は自分
自己が持つ弱点越えよそんな意味持つ悩みなら勇んで挑む
たくさんの悩み経験してるなら悩める人を救えるはずだ
不平とか不満は我の天敵だそれあるうちは幸せならず

第七章　経験

経験

経験は大事なもので豊かなる話題ほとんどそこから生ず
よく氣付く人になるには自らが体験をするそれしかないよ
場数踏むことが一番早道で人付きあいもこなれてゆくよ
限界に挑み乗り越えられたとき素敵な氣分充ち満ちてくる
人生に無駄などないよどんな事経験しても自分次第で
経験に無駄なものなしネガティブな感情すらも役立ちますね
生きるなか一見無駄と思えてもすべての事は役にたつもの
苦しみが深い人ほど喜びも深く感じて釣り合っている
徳だとか知恵があるなという人は必ず過去に辛酸経てる
ピンチこそチャンスと思えその試練大きいほうが氣付きも大だ
何事もそれのお陰で自分あり不利に見えてもプラスになるよ
避けられぬ事は受け入れくよくよと悩まず対処してゆけばよし
災難がきても逃げずに入りゆき案外いけるそうしたものだ
回り道たどるはむしろ嬉しくて貴重な実り身についてくよ

第七章　経験

ものごとを成すには時間必要だ下積み時代嫌わず経よう
反省はしても後悔いたさぬと諸事に耐えつつ強くやさしく
穴にでも入りたいほど恥ずかしい思いをバネに成長しよう
関心の薄いことでもやるならば何か手掛かり見付かるものだ
体験をせねば判らぬ事があり生きるというは地道とも知る
さまざまな事や思いに触れてみて自分の脳に体験積もう
人生は喜怒哀楽に満ちている表面超えて味わいゆこう
ゼロからのスタートこそが面白くやりがいのある道だと感ず
夢に向け挑戦してるその時は失敗はなし全てが学び
どん底の経験をしてその記憶今の幸せ味わう素に
ギリギリの経験を経て何のため生きるのですか骨身に沁みる
事にあい苦しくとても重ねれば次第に苦抜け面白味湧く
どんな事起きてもそうかそれならばこうしますよと心を澄ませ
いくつかの山坂越えて生きてれば人の言葉にしみじみとなる
山坂を越えねば見えぬ真実が世の中にある挫けず登る

臆せずに進み経験嘗め尽くし体験通じ人物練ろう
その人が深い体験経ていれば言葉ひとつに大いに奮う
経験を重ねることでどの人も少しずつだが賢くなるよ
当事者は失敗しても逃げられず経験バネに次へと進む
大変な体験しても純粋で瞳曇らぬ人でありたし
辛い事経験するとそれ離れ些細な事も癒しと感ず
人間は一所懸命何事か経験をすることこそ大事
難局をチャンスと捉え努力してそれを乗り越え一段高く
大切にされるが時にそうでない扱いも受け心深まる
強くなる秘訣は多く負けることとそんな事いうプロ選手いた

成功

ひとつ事成功すれば次のこと諦めないでやれる身になる
あることを始めたならばやり抜いてひとつ成就が運命変える
なにごとも好きになるなら成功は期待できるね張り切っていこ

あっけなく成功したと見えるかな裏にるいるい失敗潜む
失敗はすぐ忘れよう一方で成功長く覚えておこう
他の人の成功してる姿こそ見れば熱意の源泉になる
やり切ったそんな氣持ちに至るならホントの自信身についている
生きている限り成長続くから成功したと自分限らぬ
お互いの信頼育つ組織なら困難であれ成し遂げれるよ
逃げ道のない境遇で事やれば腹をくくって成就に至る
成功はいつも苦心の末にある得意の時は身を引き締めて
簡単に不貞腐《ふてくさ》れてはいけませんその心では成功無いよ
＊不貞腐れる：捨てばちになってみせる。不満があって言うことをきかない。また、不平があってやけな振る舞いをする
成功を小さくていい積み重ね自信育てる道が確実
自分から自分の道を切り開くことができたら成功者だね

成果

ものごとに自由自在に応じつつより良き成果生み出してゆく
なにごとか立派に遂げた経験は人に勇氣と自信をくれる
みずからが探さなければならぬ事見付けられたら宝になるよ
目の前の事を次々こなしたらいつか天から恵みもあろう
夢があり邁進してる人の事応援すれば役割できる
努力してすぐに報われなくていい形を変えていつしか実る
さっさかと多く手掛けるその前にひとつじっくり我がものにする
ただひとつぐっと掘り下げ学ぶなら様々な事見えだしてくる
事にあい初めて平素積んできた修養のよさ表に出るよ
努力してすぐに成果が出なくてもいずれ必ず役立つ日来る
沢山の努力払って得る成果小さくてよしそれが確実
目指すもの異なる人はお互いに相談しても実は結ばない
これしたら成果どれ程得られるか未知数だから遣り甲斐もある
微差僅差積み上げ成した成果にはビクともしない強さがあるよ

発明や発見などは案外と学歴の無い人から生まれ
スランプを脱するすべは結局は自分でつかみ本物になる
他の人も考えている事越えて独自のものを創造しよう

失敗

失敗を二千個してもへこたれぬエジソンのさま支えにしよう
失敗は大歓迎だ克服し人に役立つ話にしよう
失敗をしても成功するまでと続けてやれば結果微笑む
何回も失敗重ねそのほうが面白いとは愉快な人だ
失敗はむしろ歓迎すべきもの多く乗り越え最後に笑う
失敗の多い人生送るほど氣付きもあるし言葉も入る
失敗をげに深刻に悩んだが今となっては全てが肥やし
失敗と思ったこともそのあとの展開がよく無事多いもの
失敗を心を入れてフォローしてその経験が腕前磨く
失敗や傷つくなかで備え知り未知の世界も掴んでゆくよ

失敗を恐れるなかれ成功のきっかけだよと捉えて前へ
失敗は素直に受けて新たなる一歩踏み出すきっかけにする
失敗を悔やみ過ぎずに良しとしていい糧にしてひと皮むける
人生は失敗だらけ何度でも起き上がっては歩いてゆくよ
失敗はするとしたもの氣にせずにわが人生を味わい尽くす
失敗を氣にするなかれ成長の過程のなかのひとつに過ぎぬ
失敗は成功のもとどうやって立ち上がるかを学ぶ道かな
何回と失敗しても忍耐の心で受けていつかは笑う
失敗をしたら原因究明し繰り返さぬと心してゆけ
失敗は自己成長に欠かせない繰り返さぬと学べばマルだ
数回の失敗のみでいつもとは思わぬことだも一度やろう
失敗も心切り替え最小の被害で止めるコツ身につけて
失敗に懲りて縮まることなかれ状況日々に変わってゆくよ
失敗を恐れ止まってしまうならそのこと自体失敗だろう
失敗をしたら改めればよくて悔いに浸るの愚に落ちません

失敗はすでに起こった事だからとくに怒らず了解しよう
失敗をやり直すこと出来ぬけど出直すことは何度も出来る
失敗をしたとて命とられぬよそんな余裕を保って過ごす
他の人の失敗赦《ゆる》す人ならば自分のそれも氣にせずゆける

過ち

間違いを恐れるなかれ過ちを犯した時にどう対処かだ
誤りは思いのほかに多いものさっと認めて愉快になろう
過ちは誰でも犯すものであり肝要なのはその後処理だ
過ちは誰にでもあり悲しむな肝心なのは改めること
過ちは誰でも知らず犯すもの氣付けばすぐに改めばよし
過ちや失敗をして少しずつ人のやること温かく見る
過ちを犯したことに氣付いたら心正しく自分を責める
過ちは誰もするもの肝心はそれを飾って弁解しない

運命

運命は時に無情なこともあるそれでも天を怨まず過ごす
手におえぬ自然の摂理受け入れて逆らわないで生きたきものを
意に添わぬこともすべてを天命と受けて天地のことわりを知る
行いや態度慎み悪いことせぬ人となり運命つくる
運命は自ら運びひらくもの教え受け取る心を持って

報い

些細でも人の心を傷つけば報いを受けるそうしたものだ
人のため灯す明かりは自分をも照らしてくれる情けは戻る
他の人に媚びてへつらう道ならぬ行いすれば天罰受ける

試練

誰も皆自分に見合う試練経て伸びゆくものだそう心得て
人間に経るべき苦労あるものでそれを乗り越え幸せになる

感受性強き人には大いなる試練もあるが楽しみも大
辛かった思い出こそが氣付きくれ感謝のできる経験になる
辛いことあるならそれはネタ作り後の美談と自分励ます
辛いこと乗り越え器太くなりただ中の人救える人に
つまずいて何度も転びものごとを深く味わう人になりけり
難しいことはホントに有難い天の恵みの試練であれば
環境は厳しいほどが有り難く成長をする最高の場だ
有難い難が有るから有り難い難を受け容れいい人生を
我にとりマイナス事と思えても成長のため天がくれたと
手痛い目遭ったおかげで誠実な人の温もり知る人になる
過ちや失敗重ね人のこと温かい目で見だしてきたよ
人間は重荷を背負い力でる力あるから背負うのでなく
魂を磨き人格伸ばすため天は試練を人に与える
苦難こそ自分鍛えるよき試練飛躍の力蓄える時
苦難とは自分鍛える試練にてそんな時こそ真剣さ増す

苦労こそ免れないと自覚してそれを楽しみ自分を充たす
苦労こそきっかけになり好転の元かもしれぬ経験しよう
苦しみがきたら喜び取り組んで心の歪み正してゆこう
苦しみに耐えてそのこと超えるなら人間として大成するよ
苦しみや嫌なことにも耐え忍びそれがわが根を盤石にする
どれほどに辛く苦しい体験もけして無駄にはならないものだ
渋柿は霜に打たれて美味になる人も同じで辛苦に耐えて
どん底を経験すれば眠ってた「強い自分」が顔を出すかも
無視されて屈辱的な目にあった事がその後の力になった
絶望は愚かな者の結論だその一言に救われてきた
創造をしたけりゃ絶えず危機のなか身を置いてこそ事成るものだ
壁こそは逃げずに向かうべきもので何かを学ぶいい機会なり
絶望をするよな厳しい状況もわずかな光信じて進む
天が知り地も知っており我も知る不遇にあれど至誠を通す
苦しみを避けて逃げると楽しみも遠ざかるもの逃げずにゆこう

人として自力で抜けるほかのない関門のあり避けずにいこう
人生に関所のありてひとつずつ越える旅して無礙《むげ》の心地に
＊無礙：とらわれがなく自由自在なこと
最悪はどんな事かと考えて避けられぬならベストで応ず
火事にあい家丸焼けし酒盛りだ試練と思い元氣に充ちて
苦しみを甘受している人助け我が苦しみも和らいできた
一番の辛い事こそネタにして利用しないと勿体《もったい》ないね

困難

さまざまな困難かつて経てきたがどれも欠かせぬ事だと氣づく
苦しみのあとに楽しみやってくる苦しいことを最初にやろう
困難は自分を伸ばすいい機会大悪のあと大善が来る
困難は我を鍛えるありがたい機会であるよプラスにしよう
その人を真に愛する人ならば苦労させずにおられぬだろう
真剣にものを考え工夫する最良なるは苦難の時だ

困難や逆境のときくじけずに己保って歩いてゆこう
困難に会えど己を叱咤して頑張り知恵や才覚を得る
困難は性質を練る最高の機会であるね勇んで向かえ
困難な道を辿って工夫をし努力忍耐できる身になる
手痛い目遭ったおかげでその後《のち》の苦難に処する自分を得たよ
困難な仕事があれば率先し利を度外視し行う仁者
困難を避けず決して逃げないで潜り抜ければ歴史も開く
忍びつつ一時の苦労する事が将来の福もたらしてくれ
トラブルを越えて人生続いてくどんな時でも満更《まんざら》でなし
困難はむしろ喜ぶべきもので忍耐力を育ててくれる
困難な時は使命を自覚して耐える大きな支えとしよう
苦労した経験こそが戒めになって自分が今ここにある
苦難あり避けず逃れず取り組んで今の自分と感慨深し
困難に遭ったら初志を貫徹し耐えて忍んで事態を越えよ
困難に直面してもこころざし保ち進路を切り開いてく

わが道を曲げることなく正直に貫いていれば苦難も易し
予想せぬ苦難に遭った時こそは自分を保ち流されないで
両親に苦しい時は他の人に親切にせよそう教えられ
苦境とか困難に遭うその時に絆深まる仲の尊き
その人に言葉がすっと入るのは苦難いろいろ経ているからだ

順境

順調な時こそ氣持ち引き締めて仕事きっちりこなしてゆこう
危機去れば心に緩み生じがち氣持ちはいつも引き締めるべき
安らかな時が久しく続くとも心の備え怠らぬよう
たとえ今好調であれ危機感を忘れぬ姿勢貫きましょう
逆境でやけにならずに順境で怠けず励み我貫こう
逆境に悲観をせずに順境も有頂天にはならない心

逆境

逆境は自分鍛えるチャンスにて焦らず力たくわえ待とう
辛いこと苦しいことはチャンスなり天の恵みと思い励まん
不遇とか逆境などは自己を練る素敵な機会しっかりつかめ
波風が立つから人生面白いそれは自分を発展させる
人として艱難辛苦歓迎し人格磨く肥やしとしよう
成功はいつも辛苦の中にある日頃氣掛けてよく道聞こう
挫折とか苦労するなどしたこそが今の自分を創ってくれた
マイナスと思えることにプラスありそれが世の常悲観はいらぬ
人生に辛い時ありその節《ふし》は新たな芽出る切っ掛けですよ
苦難はね大変だけど乗り越えてきっと魅力の一段増すよ
逆境や師匠の運は天からの恵みと感ず場合の多し
逆境にあってもけして逃げないで一体となり自分を練ろう
逆境に挑む時には力まずに心ほぐしてアイデア出そう
苦しみの中に見付けた楽こそが本物である絶望しない

順境に居て安んじて逆境も同じ氣持ちで真楽《しんらく》を得る
　＊真楽：自分も相手もその他の万人も、ともにうるおう楽しみ
生きてると地獄の如き時もありそれと向き合い人らしくなる
つらい時その時こそが笑う時ユーモアあれば苦境も抜ける
火事で家全焼してもおめでとうそう言われると氣分も晴れる
病氣とか投獄などの極限の苦しみ経れば心身練れる
失敗や不幸は皆が出遭うものそれを活かして前進せねば
幸せに恵まれずとも怨まずに力を尽くし道を開こう
不遇でも自分鍛えて実力をつける努力を続けるが良し
逆境は良くも悪くもなるもので我いつわらず向かってゆこう
逆境の時に人間試される心乱さず平常心で
絶望や不幸は心が決めるもの受け入れぬならそれらは無いよ
普段から憎みあってる二人でもシケの舟では協力しあう

原因

行き詰まる時は自分に原因があること多しこだわり捨てて
世の中の現象結果いっさいが心次第で創り出される
世の中は因果一如と言うごとく原因いつか結果を創る
問題の原因探り根本《ねもと》から改善すれば見違えりだす
原因が自分にあると自覚して人や他人に転嫁をしない

真実

他の人が見捨てていたり見過ごしたものの中にも宝はあるよ
ひとつ事掘り下げてれば必ずや何か得られるこれ確かなり
根が広く深く張るなら必ずやいい木になるね根が先である
根のほうは努力をしても人からは認められぬが疎かにせず
行いはつつしみながら言葉には真実こもる人を目指そう
真実を伝う言葉は飾りなくお世辞などとはさま異《こと》にする
現実の天地のなかに真理ありそれは刻々展開してる

満月の光のごとく真実はこの世に満ちて溢れているよ
真実の道は天地に満ちているそれを感じる心を持とう
真理ほど単純にして明白なものは無いねと実感するよ
真理とは現実の中一瞬も留まらないで働くものだ
人として真理を学びそれに沿い生きてゆくなら新鮮である
正直な者を選んで用いれば不仁の者は遠のいてゆく
個人的愛憎離れ人を誉めあるいは謗《そし》れ真実を見て
記憶などかなりあいまい身勝手だきちんと見つめ真実知ろう
生命の通う真理や道理説く人は少なく多くを要す
汚れてる車に乗れば運転がいつしか荒く事故につながる
戦いをするにあたって教育を受けているなら無駄死にはせず
罪犯す人に孤独な心ありそれ善良に導く配慮

問題

問題に直面してる時こそが力をつけるいいチャンスなり

問題に直面したら逃げないでよく近づいて対処をしよう
問題は些細なうちに手を尽くし解決目指す道を選ぼう
ものごとに前兆のあり微かなるうちに氣が付き手を打てばよし
問題が生じそれから逃げるならますますこじれ大きくなるよ
害をなすことを除いてゆけるなら利を増すよりも価値あるものだ
お悩みは子供の頃にその種があるかもしれぬ見つめてみよう
悪口を言ってすっきりしたとても一時的にて却ってひどく
無理重ねその場しのぎをしてみても必ずあとで問題起きる
異常事に当たり前だと馴染んだら行動などに異常が生ず

小事

些細だとあなどるなかれ小事にも心砕いて徳を磨こう
小さいと思うことでも手を抜かずきちっと応じ幸いを得る
人生はごくわずかなる一念の積み重ねにて決まってゆくよ
日常の些細な事にその人の姿あらわれ人柄知れる

旅ゆきて宿に泊まりてスリッパを揃える心今日から僕も

一見し取るに足らぬと思えても人は見ているきっちりしよう

ささやかな善き行いで喜びの種を蒔きます花咲かせます

日常のほんの些細な決めごとを守ることこそ最優先で

人がせず見過ごしている小事でも疎かにせず会社を伸ばす

抵抗を越えて小さな善行をすればそのたび勇氣身に付く

目の前の小さなことに取り組んで重ねるうちに大きな力

些事《さじ》であれ本氣でやっているならば必ず人が協力しだす

＊些事：少しばかりのこと

どのような小さな事も感謝して人が喜ぶこと率先し

常日頃小さな事に感謝して悩み小さくとる人になる

わずかな差いつも求めて乗り換えてそれを続けて大差を成せり

第八章　時の流れ

時機

人生にここその時が来たならば止めず応じて成長しよう
わが力発揮するには時を待ち力活かせる流れに乗ろう
物事の時機が来たなら逃がさずにそれを捉えて行動しよう
なにごとも潮時のありわが心抑えるべきと出すべきがあり
どの人も大事な時を経るものでそのとき逃げず思慮深くあれ
パニックに陥ったなら時を待ていずれきちんと対応できる
退《ひ》きどきを知ってる人は尊くて続々自分活かしてゆける
やる氣あり機が熟してる人ならば軽い指摘で道開けゆく
日頃から準備休まずしていれば時が来たとき活躍できる
不遇でも成功に向け学ぶならいつか日の目をみる時がくる
勉強に年齢のなし思い立つその時を期に弛《たゆ》まずやろう
忠告が届かぬ時は自重して時を待つなら好転もする

流れ

朝一に出会った事をポジティブにとらえ一日流れに乗せる
毎日の巡りあわせや成りゆきに従い生きて束縛されず
物事は常に流れに任せつつ心を添わせ成し遂げられる
誠なる心保ちつつ時々の流れに乗って柔軟なれば
成功のチャンス来たなら他を捨てて即それに乗り流れを掴む
また今度そう言われたらではいつと即座に聞いて約束取った
頂いた手紙その日に返事書き明日に溜めずリズムをつくる
出はじめはカラ元氣でもそれに乗り動いていればホントに元氣
好調な時は実力越えた出来次は不調だ人間だもの
駄目ならばいったんそれを放りだし波に乗るごと処してけば良し
日常の雑事雑用いかにして巧みにさばくいい呼吸にて

過程

結果さえ良ければ良いと思わずに努力の過程大切にする

どのような過程経ながら成果得たその過程こそ大切にして
過程こそ大事であるね手抜かずに誠意を込めて力の限り

時間

忙しい？ホントに時間ないですか氣持ちひとつでゆとりもできる
わが時間大切にする氣持ち持ち自分高める努力をしよう
他人より時間かかれど氣にせずに二倍三倍費やせばよし
誰だって自己の時間は貴重だがそれを社会のため使うなら
人生は限りあること自覚して時間を活かすことに努める
あれこれとやりたい事があったとて時間に限りあるから選べ
頂いた時間の枠を控え目に使う人なら信用を得る

継続

ひとつ事続けるなかで進歩したこと実感し迷いなくなる
歩んでる一つの道を深めゆき極めたならば達人である

能力を高めたければ易しいと感じるようになるまで続け
続ければそのうち勘も育ってき仕事容易にしてくれますよ
発心し一つのことを弛《たゆ》まずに継続すれば誠に至る
何事も継続こそが肝心でいつしかぐっと離陸をするよ
良いことを小さくていい続ければ考え変わり人生実る
継続し何かをやって身につけば人に頼られ好感もたれ
根氣よくひとつのことをやれるなら人と素敵な関係できる
物事はけして諦めたりせずにやり続ければ動きも生まれ
コツコツと小さな努力積み重ね励んでゆけば高みに届く
一遍にやろうとせずに少しずつやっていくなら意欲も湧くよ
箸使いタライの水を回すよに小さな努力続けば成るよ
些細でもやり続けると大になるいま出来ること心を込めて
どのような小さなことも徹底しやり続ければ大きな力
誰にでもできる事でもどの人もできない位続けてみよう
始まりは小さな一歩だとしても続けていればうねりを起こす

決意して小さな良きことやり始めそれ持続して花を咲かそう

日々倦《う》まず小さなことをやり続け心の力培いゆこう

日常の些細な事を徹底し今日までやってその力知る

徹底と継続こそが平凡を非凡に変える力を出そう

絶えず人喜ばすよと励むなら一年すれば大きく変わる

氣持ち向くことがやれれば不足なし選んだ道をとことんやろう

成し難いそう思ってもこつこつと繰り返しやり何かをつかむ

ひとつ事ひたすら行じ続ければ確かな花を咲かせてくれる

習慣をより良きものに変えるため逃げずに努力重ねてゆこう

平凡な事の中にも価値潜む実践重ね氣付ける人に

特別な能力もない私だが自分にできる事こつこつと

行動を始めたならば希望持ち急がず休まず一歩一歩で

どの道も一つ成ったらすぐ次を考え励み続けなければ

強い意志持って辛抱しなければ実は結ばぬよ継続をして

何事か始め壁など感じても諦めぬなら長じてゆくよ

すぐ成果あげようなどと思わずに根氣を込めてやり続けよう
何事も中途半端は頂けぬひとつ挫《くじ》けず続けてみよう
努力して成果見えぬと腐らずに続けてゆけばいつか花咲く
困難な状況であれかすかなる光明探し諦めずやる
チャレンジし失敗しても諦めず楽しみながらやり続けよう
大人なら見返りすぐに得なくても取り組み続け辛抱できる
割合わぬ事を笑顔で引き受けて続けていれば人感動す
割合わぬ事と思えど続ければのちの良き日の種まきになる
報われぬ努力としても諦めず落胆もせずやる心かな
毎日にやると決めたらどんな日も必ずせねばいずれ廃れる
何事もとことんやろうそうすれば人の評価も上がってくるよ
世の中は根氣の前に頭下《こうべ》げ応えてくれて人も集まる
ある曲を日に三回を三カ月続けて弾かせ高さ生まれる
大切な音があったら一万回練習すればいつしか変わる
正直な人間として黙々と働きいつか信頼される

言う事が真実でありやり掛けたことは必ずやり遂げるなら

変化

良い事を見付けたならば今までの自分を捨てて変身しよう
付き合いで悩みがあって改善をしたいのならば自分が変われ
まず自分変わる必要ありますねその氣付きから平安を得る
自らを改善せねば問題は解決せぬと分かって動く
無意識の世界の心変わるなら新たな自分永続するよ
学問で持って生まれた氣質をも変えられるから勇んで学ぶ
道修む深さが増せば同一の人であっても学びが変わる
他人との関係を良くしたいならまず自分から変われば届く
変えたいと思う家族がいたならばまず自分こそ変わるべきなり
人を責め好転すると期待せずまず自分こそ改めゆこう
人間の心は見てるものに似て良くも悪くも順応してく
長年をかけてこつこつやってれば突然変わる時に出くわす

完璧に変化しようと望まずに歩む方向見付ければよし
考えが変われば言葉変わります仲間も変わり描く未来も
本当にハイと言えたら非行する少年さえもだんだん変わる
人からの助言なかなか身につかぬ自らみつけ自分が変わる
初対面果たし印象持ったとて重ねるうちに変化もするよ
態度とか氣持ち変化をしてゆくよ思い込まずに柔らかくあれ
まず自分変わったならばその分は相手も変わるそれ確実だ
変えられるものは自分と未来なり過去や他人にこだわらずゆく
変わるのは自分もヒトも大変だ思いやる目が明日につながる
罪深き人であったと氣がつけばこれから態度改められる
積年の恨みあるとも過去の事ありのままから眺めて変わる
親などを怨む氣持ちにバイバイし我が人生を楽しく生きる
してくれた事はないとの思い込み違うと知って人生変わる
してもらい当たり前だと思ってたそんな自分に氣付いて変わる
世話になり今の自分があるのだと氣付き心にスイッチ入る

愛された記憶生き生き甦《よみがえ》り涙も経たら人生変わる
感動は人間変える奥底に沈んだ力持ち上げてくれ
ものごとの見方変われば態度に出周囲の人もつられて変わる
代々と続く問題あったとて自分を見つめ是正に出よう
過干渉されてよい子であらされたそんな反発消える日がくる
嫌なことばかり見てては良いところなかなか見えぬ発想変えて
敏感に悩みかかえて塞《ふさ》いでた人が動けば空氣が変わる
依存する心の裏に愛情の不足感あり正せるものだ
寒暖や月の満ち欠け巡るよに人も移ろうこと心して
日々励む中で氣づきが身につけば「変わったですね」そう人が言う
わずかな差そう思っても積もるなら大差になるね早く氣付こう
少しずつ差がつくならばいつの日か大差になるねそれが人生
人間は進歩か退歩いずれかで現状維持は退歩であるよ
革命で従来よりも向上をみるには人が変わる要あり

成長

進化こそ命の持てる本質で広い宇宙も同様である
たゆまずに創意工夫を続ければ今日より明日と前進できる
徳磨き良い習慣を行えば人間変わり世界も変わる
徳こそが人発展の基盤にてそれ修養で育《はぐく》まれくる
熱意あり知識磨いて頂いた場で最善し徳身につくよ
有為なる人は三日後会ったなら目を見張るほど進歩をしてる
好奇心豊かに過ごす人ならば会うたび進歩驚きのあり
人間は日々成長をしてるもの昔ダメでも今できるかも
エビのよに常に殻ぬぎ脱皮するそんな心で固まらずゆく
人生に節の多々あり越えるごとたくましさ増し成長してく
毎日を心新たに旧来の陋習《ろうしゅう》を去り脱皮をしよう
　＊陋習：わるい習慣
共感や感動力がつくならば表現力も備わってくる
自らを限界づけず変化して成長をする自分を目指す

現状に満足せずにたえず今進歩するべく努力をしよう
信頼と愛情あれば癒されて成長もする人らしくなる
敬いの心があれば進歩とか向上があり宗教になる
向上を目指すのならば優れたる人の習慣取り入れてみる
自己の持つ心の幅を増やすには他人のことを氣遣うことだ
学ぶなか判断力を身につけてどんな場面もきっちり応ず
温かい心で人を癒すなら世も良くなるし自分も伸びる
飛躍するためには力蓄える時期が要るものあわてずいこう
辛苦経て人の痛みも理解でき思いやる滋味身につけてゆく
壁にあい苦しみ悩み格闘し君の人格成長してく
壁こそは人の能力高めくれ魂磨き本物にする
ものごとに価値を見出しその価値を信じる力ある人伸びる
人間も出来てくるなら力ある人閃《ひら》めかす言葉も出よう
人として何かに感じ奮い立つそれあってこそ成長遂げる
発奮し何かをつかみ感動の経験経たら人導ける

ハイという返事で人は我《が》を捨てて意地もなくなり雰囲氣変わる
この私どんな自分に仕上げるかその責任をしっかり果たす
性格の問題点をあぶり出し嫌悪を越えて成長しよう
常日頃問題意識持ちながら蓄積重ね教える人に
培った古典の教え経験を積んで咀嚼し品格をなす
好きな人喜ばせたく頑張れば自然に我の能力上がる
不利なこと嫌がらないで受け入れてこなしていれば成長もある
厚情を受けたらちゃんと礼をいい人間として成熟目指す
上役の苦心感じて来だしたら時の経るうちひとかどになる
手を拡げ大きくなるより強くなれその一言が心を射抜く
ひとつ上あがるためには莫大な力要るもの頑張り抜こう
詩を学び例えてものを言うことを覚えて角が立たなくなるよ
母として成長したい変わりたいそんな心が息子に通じ
善人と時共にして感化され好感満ちた人になろうか
失敗を人のせいだとする人は原因知らず成長しない

好転

精神の態度変われば今までの苦しみやがて薄らいでゆく
わが心探って鬼を見付けると不思議と仏目覚めてくるよ
懸命に額に汗し人生に取り組んでれば天恵もある
島流しされて十年読み耽り周囲圧する迫力を得る
感激の心忘れず日々暮らし無心無欲の境地に至る
心体を静め邪乱を離れれば心集まり三昧《ざんまい》になる

＊三昧：一心不乱に事をするさま

過去のこと正しく捉え直すなら思考が変わり満たされてくる
被害的考え抜けて被愛的考えになり自己中抜ける
深めれば自然と広さ拡がって行き詰まりなど無くなるだろう
人ならば進歩向上するべきで停滞してはつまらなくなる

解決

自らが苦しい時は他の人に親切をして苦しみ癒す

他人には先回りせずその人が自分の意志で動くの待とう

準備

なにごとも準備しっかり行えばはかどるものと心得られよ
最悪の事態先取り想像しいざ遭遇も落ち着き対処
もの探す時間は無駄なものだから分別をしてそれを減らそう

第九章　自分

自分

自分から自分のことを大切に思う心が出発点だ
皆誰も持つ仏性を問うならば充ちて落ち着き静寂である
我を知り我尽くすこそ目指すみち能力を知り発揮をしよう
わが立場守ってくれる一番の強い味方は自分であるよ
生きたまま死人のように自我捨てて「ありがとう」なる氣持ち膨らむ
早く起き心静めて温かな言葉家人にかけれる人に
自分よりほかに自分を苦しめるものはないぞと思い至れり
意にそわぬ自分のくせも受けいれて人とほどよい関係築く
劣ってる部分そのままありながらこんなもんだと思えば楽し
ムリをしていい人演じなくて良くあるがままにて過ごせば可なり
大切にされる自分を目指すならジタバタせずにゆっくりいこう
必要とされて誰でも輝きが増してくるもの自力で得よう
瞬間の強さは他人頼れるが永続的は自分でないと
我が持つトゲは自身を傷つけず知らず他人を痛めるものだ

人生は自分に氣付く旅のようだんだん疑問晴れてもゆくよ
けんかとは煩悩たちのぶつかりで自分省み仲良くやろう
うつの人あるがままなる自己抑え暮らしていますまず本音出し
エゴイズム抑え自分を殺しすぎ感じよくない人では淋し
＊エゴイズム：利己主義。主我主義。自己中心主義
エゴイズム抑えすぎるとたくましさ欠けたメソメソ人間になる
他人など口でいうほど人のこと氣にしてないよ自分を出そう
好かれない自分を嫌うことなかれまずは自分を好きにならねば
頑張った自分をほめてやりましょう何か記念の品なども良し

自覚

自らがわが人生の責任を負う氣になって人生新た
どの程度覚悟してるかその人の言動みればたちまち判る
歳とって時間に限りあると知り今日やれる事今日やりだした
どのように生きれば生まれ甲斐あるか世のためにはと考えながら

自らの素質能力立場知りそれに即せば運命開く
何のため自分は生きて仕事するそれをきっちり自覚をすれば
何のためそれをやるのかしっかりと認識すれば力も出せる
何のためやるのかそれが明確になっているなら何でもできる
的確に現実を知りそのままの自分受け入れ親しく混じる
人として自分貫くキーワードひとつ見付けて励んでみては
どのようなハンデあるとも幸せと思える道は自分次第だ
自分より人は偉いと思えたら人の長所をみる人になる
おのが身を見つめる努力してる人他人を見る目温かきかな
この我が身多くのものに支えられ生きてると知り他者肯定す
この我が身多くの人に愛されたそう認識し自己大切に
新しい自分に氣付き生き甲斐や人生の意義知る人になる
さまざまなお蔭をもらい生きているそれを自覚し恩知る人に
愛情に氣付かず迷惑かけていた自分自覚し感動強し
沢山をして貰ったが迷惑をかけ通したよそう知り前へ

愚かなる自分が人にどれ程の悲しみ為したそれ知り変わる
おのが持つ欠点氣付きにくきもの人を責めずに我省みて
自己の持つ依存や攻めの性質に氣付けば抜ける始まりになる
人にこそ非があるものと信じてた実は自分と知り皆変わる
迷うなか自分の見方変えてみてわが欠点にくっきり氣付く
失敗し人に迷惑かけてたと氣付き自分の浅さを思う
自己の持つ醜さ弱さ直面し苦痛経ながら受容に至る
自主的に考えさせて自らが欠点氣づき理解身につく
肝心は自分を掴むことですね己を知って生くべきものを
してもらう事のばかりの自分あり自己否定経て肯定に着く
わがままで偽り多い我とても生かされていて大切と知る
飾らないありのままでの我で良く自信を持って生きてくのみだ
人は人自分は自分そのことがはっきりすれば心穏やか
苦しくも自己や家族のあり方を見つめ直して問題越える
人はみな地位に伴う役割を持っているもの自覚をしよう

この我が身どんな使命を帯びてるか思い巡らし努力を積もう
出来ませんそう言ったときハッとして我省みる心を持とう
説教で人はなかなか変わらない自身で氣付くその日を待とう

自立

ひとりでも楽しいならば人に会い共に過ごして充実だろう
我なりの価値観持っている人は他人《ひと》も認めてあれこれ言わず
自分持ち人の意見に流されず一貫性を保つべきかな
自らの主張氣持ちを大切に保てる人は自分が好きだ
人まかせやめて自分を頼りにし展望だとか覚悟を持とう
自己のこと再吟味して自立成り他者の自立もサポートできる
世の人が我が学徳を知らずとも平然《へいぜん》とする人目指しては
＊平然：平氣で落ち着いているさま。自若《じじゃく》
人として親の愛情不可欠でそれで自立の生き方出来る
母親をはじめ多くに依存したそれの自覚が自立への道

自立とは生涯かけた課題かもわが精神の成長過程
親の持つ理想押し付け育てられ自立するのに時間かかった
さまざまな意見すなおに聞けるようになった人など目指してみるか

自己評価

満点をとらぬ自分を許せればそんな他人も優しく見れる
人の事受け容れられる人になる為に己をまず受け容れよ
そのままの自分でいいと思えだしわが人生の歩み始まる
徹底し自己を見つめて自己を知り人に幸せ与える人に
自分にはどんな真価が備わるか正しく知って活かしてゆこう
見たくない自分の姿ちゃんと見て直面すれば前進がある
我が姿いかにみじめであろうともそれを受け入れ起き上がらねば
人のこと心配をして同情し動くなかから自分が分かる
受刑者で自分のことを悪人と考える人ほとんどおらぬ
我こそはすぐれた人と思いこみ鼻息荒い途上の人よ

劣等の意識強いと軽くみる人を憎みて収拾つかず
してくれた事はたくさんあるけれど返したことの少ないことか
根拠ない劣等感を膨らませ悩むな君よ自分次第だ
自分への自信なくした人ならば自身の好きな部分を探せ

自己暗示

ワタクシは愉快ですよと振る舞えばホント愉快な氣分になれる
頂いた課題見事にクリアした我イメージし成功呼ぼう
そんなこと自分はとてもできませんそうと決めつけないでもいいよ

姿

広大な溜まり水より小さいがこんこんと湧く如くの人に
ありのままなので少しも偉そうに見えず大賢小愚の如し
数々の苦節に耐えて自らの根を養った人こそ鑑
姿には心そのまま顕われる何するときも精進しよう

夢を持ちワクワクしつつ生きているそんな姿を見せればいいよ
穏やかな氣持ちのままにみ仏の顔を心に保ちて歩む
顔つきは明るく保ち他の人を来やすくさせる人間であれ
人相を良くしたいなら他の人が喜ぶことに精出すことだ
学問を深め感化をする力備わるならば顔に現れ
本当の学問すれば人相も運も良くなるすべて良くなる
真理とか学問などはその人の相とならねばならぬものなり
面構えそれは心の相である心磨いて相改める
深さある精神生活送るなら形や色が養われくる
仏像を彫るより君の面《つら》がまえ何とかせいと言われた人も
印象は姿勢ひとつの良し悪しでがらりと変わる氣がけてみよう
後光さす後ろ姿の凛々しくて元氣あふれる人を目指そう
無駄のない立ち居振る舞い心掛けきれいな姿保てる人に
休日も身だしなみには氣を配りちょっとおめかし心の肥やし
手間をかけ真心こめた作品は人を動かす風格を持つ

働かぬ人は異常に鈍くなり人の氣持ちも見えなくなるよ
よく知らぬ事を知ってるかの如く見せかけたとて上手くはいかぬ
自分ではカッコがいいと思っても人から見ればカッコの悪し
運命はわが性格の中にありそれ変えるなら人生変わる
どれほどの才能あれど傲慢な人は他人を幸せにせず

姿勢

人としてきちんと生きるその為に道を学ぶを第一となす
人として道を求める心こそ持つべきもので無ければ滅ぶ
人生は切磋琢磨を繰り返し高きが上に高きを積もう
知らぬ間に福を作って禍は消して誇らぬ人を目指してはどう
滲み出る味わいのある人目指し日々精進の暮らし重ねる
丁寧に生きれば手間がかかるけど精神力は強固になるよ
いつだって常に精神爽やかに奮い立たせる自分目指そう
生まれ来て何に命を懸けますか人の心を光らす道も

誠なる心を尽し動くなら神の如くの仕事も成せる
勇氣あり高尚である生き方を残せるならば本望である
自らが正しいことをやってれば命令なしで他人も動く
この我が身守る氣持ちを脱却し譲り切ったら相手動いた
頂いた環境生かしその中でひたすら生きるもの美しい
どのような状況であれ伸び伸びと心遊ばす自分であれば
毎日の暮らしの雑事きっちりとこなしてこその人生である
何事もやると決めたら心してとことんやろう何かつかもう
何事か起これればそれの利点こそ追究しよう道みつけよう
一隅を照らす人こそ国照らす微力としても諦めないで
一隅を照らす心で役割をきっちりこなし確かに生きる
わが国を誇りも高く盛り上げる為に一燈灯してゆこう
世のために自分ができる事は何いつも氣がけて生きれば大人
現実に徹しながらも泥中《でいちゅう》に咲く蓮華かと思えるほどに
大丈夫ちゃんと現実向き合って一歩一歩で日々過ごすなら

現状に囚われないでたえず先見つめ新たな考え生もう
私利私欲無ければ人とぶつかるも厄介起きずおおらかである
無私にして人に接してゆくならば感化の力大いに盛《さか》る
他の人や社会のことを優先し考えるなら心配の減る
我のため仕事するなら「ギラギラ」で人のためなら「キラキラ」してる
社員から一所懸命やっていて氣の毒だねと思われるほど
損得を抜きでひたすら歩みゆくそんな〝愚かさ〟持つ人こそが
わずかなる時も惜しんで努力するその姿勢こそ成功の道
日々己見つめ続けば自然体得ると感じて励む人かな
腰骨を立てる姿勢が主体性持つ人間にしてくれる道
満ちてても何もないごと謙遜し人の美点を取り入れるなら
自然体ありのままにて付き合える人を目指して手本をまねる
正直で融通がきき人のことしっかり見抜き謙虚であれば
物欲を去って果断《かだん》に行動し質素を好み言葉少なく
＊果断：思い切ってするさま

驕らずに自分の知恵を過信せず人を敬してわが道拓く
平素から心静かに黙考し事態にあたりその思慮活かす
事ごとに尋ねることが礼儀にて先輩たてる姿勢が大事
お辞儀するその心とは人通じ自分敬する姿勢であるよ
ウソつかぬ姿勢いつでも貫けば信頼得られ仕事はかどる
わが価値を人知らぬとも患わず人の価値こそ認める人に
肝心はどの方向を向いてるかそれが良ければ欠点隠れ
悩みとか苦しみひとり胸に秘め解決はかる男の美学
動揺を誘う如何なる風吹けど月の如くに動ぜぬ人に
急流に映る月なら流されぬ信念持って月のごとくに
正しいと信じた道で困難に遭えば逃げずに立ち向かうべき
難しい状況であれ正道を常に選びて真心尽くす
どこまでも亭々《ていてい》として聳《そび》えゆく杉の如くにすくすくいこう
＊亭々：樹木などの高くまっすぐにそびえたつさま
人生は習慣のなす織物だ良い習慣を身につけるべき

教育はあくまで褒めて出来るまでやらせて我も実行すれば
自分にも弱みがあると心得て弱い立場の人守ります
やせ我慢それはおすすめ他人には迷惑かけぬ暮らしをしよう
＊やせ我慢：無理に我慢して平氣なように見せかけること

常ひごろ何か集中するものを持っているなら発見がある
有事にはすばやく動き無事なとき水の如くに澄んだ氣保つ
わが義務をきちんと果たし干渉をされず自由に自分活かそう
行き過ぎや足らぬことなど起こさずに時に従い柔軟にゆく
頂いた職務に励み報酬は度外において省みぬ人
自分には厳しく接し何事も己に求め行いゆけば
思い込み思い入れなどあるけれど心ほぐしてこだわらないで
かねてより正しく生きて非常時に動揺せずに対処をしよう
人間は利口なるよりいかにして馬鹿になれるかそれ大事なり
ホテルでの備品ほとんど使わずに残す姿勢で心も豊か
他の人がいかに褒めたりけなしたりしても自ら信じる道を

条件が揃ったならば始めようそんな人では永遠にせず
見込みないことはあっさり手を引いて未練残さぬ強き人あり
恥忘れ利益ばかりを追うならばあらゆるところしわ寄せかぶる
不平とか不満は自分のみならず周囲の人の能力奪う
物事は八十点の出来栄えでいいから期限守るが大事
他の人に迷惑かけぬ生き方を徹底的に実践しよう
ひと隅を照らし無くてはならぬよな人を目指してまず我照らす
どのような人や事実に出会っても潰されないで楽しく暮らす

態度

元氣こそ一大事なり養って自分生ききる人目指そうよ
わが心宇宙のなかの一部分溌剌《はつらつ》として躍動せねば
＊溌剌：元氣のよいさま。生き生きしているさま
水のごと柔軟謙虚保ちつつ岩をも砕く意志力を持つ

君子なら情味豊かに温かいしかし喋れば凛《りん》としている
　＊凛：きりっと引き締まっている様子

さむらいはより偉大なるもの敬し精神高め生きる人たち
どっしりと落ち着いてこそ第一で頭の良さは二の次である
仁《じん》の道究めることが一番で孝弟《こうてい》なればその地に近し
　＊仁：いつくしみ。思いやり
　＊孝弟：父母に孝行をつくし、よく兄につかえて従順であること

このわが身犠牲にしても人として取るべき道を選ぶ人あり
生きるなら生涯修行自己に課し人間の格高めてゆこう
男なら度量がひろく意思固く重い荷物も背負って歩め
落ち着いて見識備え知らぬ間に福をつくるがけして誇らず
公正で厳粛だけど争わず誰とも和すが徒党を組まず
正直に生きることこそ人として踏むべき道で生き甲斐だろう
本当に偉い人なら偉そうに喋らぬものだ成長続け
常日頃心静かに身を修め慎み保ち徳を養う

人生は投じたほどに返りくる能力よりも真剣さこそ
丹精をこめて仕事や人生に取り組んでゆく価値ある暮らし
丁寧な生き方すれば忍耐や工夫も育ち血も通いあう
徳のある人は事物の根本に力を尽し道つくりだす
どの人がやっても出来る事であれ祈りを込めて完勝を期す
あるものを活かし尽くして活路あけ励む人こそ凡事徹底
骨折れる仕事があれば引き受けて生ずる利益急ぎ求めず
我のもつ精神信じそれ燃やし自身も国も救う氣持ちで
信念や自信があって希望持つ人はいつでも若さを保つ
物事や人に出会って発憤し向上心を燃やす人こそ
甘え去り元氣を出して志し学をつとめて交友択《えら》ぶ
準備して寝ても覚めても考えて自分を尽す人こそプロだ
時間とかお金や努力惜しまずにつぎこむ心プロなら持つよ
恥を知る心を持って自らを律し警《いまし》め道徳を知る
けじめつけ公私混同戒めて道徳守り社風をつくる

前向きで感謝の心忘れずに愚痴をこぼさず明るく謙虚
物事の深さの判る人として心明るく一隅照らす
物事を長い目でみて多面からその根元こそ見る人であれ
地中では根をしっかりと張りながら枝葉茂らす大木のごと
物事に囚《とら》われないで自己保ち接する人を楽しませよう
こだわりをなくし心を強くして氣魄《きはく》に満ちた暮らしがよろし
＊氣魄：何ものにも屈せず立ち向かっていく強い精神力。氣概
常日頃外部の事情氣にせずに為すべき事をちゃくちゃくやろう
地位あればことば行い氣をつけて人の怨みをもらわぬ様に
誘惑や脅迫などに惑わずにおのれを保ち堂々歩く
誇り持ちプライド保つことは良くそれがおごりに変わらぬように
何事も縁と思って受け入れて逃げださぬなか道は拓ける
普段から惰眠《だみん》いたさず心して有為有能たるべく励む
＊惰眠：なまけてねむること
ひとつでもチャンスがあれば幸いであとは自分の如何にかかる

はっきりと本音で喋る人が居てその小氣味よさ人から好かれ
もろもろの考え胸の奥に秘めばたばたしない沈着さこそ
世の中に道が廃れる時世でも天命を知りそれに従う
理不尽な態度とられた場合には公平無私の心で応ず
＊公平無私：公平で私的な感情をまじえないこと

他の人に迷惑かけぬ生活を氣掛けていれば心も軽く
他人からされて不快な事などは自らはせず信条保て
恕《じょ》の心保ち己がされたいと思わぬ事は人にも為さず
＊恕：おもいやり。同情心

マナーとはされたいことを人にして好まぬことはせぬすべである
楽しみは人のあとにし憂いには人に先立ち対策練ろう
季節には従い暮らし思慮などは過ぎないようにつとめ安らか
ほどほどをわきまえ自己の満足にすぎぬ行動控えてゆこう
「あおいくま」あせるなおこるないばるなよくさるなまけるなそれ口癖に
常日ごろ態度顔色言葉には注意払って付き合い選ぶ

用心は心用いることであり言葉や色に出さぬ氣遣い
何事もうまくやろうと力むなら自分追い込み心苦しむ
出会ったら素直に話聞いたうえ出来る事からまずやってみる
ホテルでの備品使わにゃ損ですか？使わず心豊かになるよ
貧乏をしても恨みの心なく過ごせる人の褒むべきものを
未練とか愚痴をこぼさぬ生き方が如何に貴いものかと感ず
自己主張するのはいいが度が過ぎて周囲見えなくならないように
我が持つ力を人に誇らずに持たぬものには執着をせず
自分には足りない事もあるだろうそれより出来る事から探せ
傷のあるリンゴとしてもパイ出来る小さな事にこだわらずゆく
何ごとも約《つづま》やかにて行き過ぎに注意してれば失敗減るよ
＊約やか：つつしみぶかいさま。おごりをしないさま
出来るだけ譲り他人を喜ばせ自我を張らずに骨惜しみせず
頂いた恩は石へと刻むごと怨みは水に流すがごとく
他の人を無暗やたらに責め立てずあまり求めず怨みを買わず

ことさらに言葉を飾り顔色や態度をつくる人に仁なし
他人への氣づかい過ぎて自分消えよい関係を築けなくなる
程ほどのうやうやしさが望ましく度を過ぎるなら軽蔑される
反省も度をすぎされて不愉快だまずは相手の氣持ちを思え
私心去り自他の発展考えて進歩するなら調和も生ず

素質

どの人も独自の才を持っているそれを自覚し活かしてゆこう
人はみな素質天分持っているそれを発揮し世のため尽くす
成績が悪い子供も日本語はちゃんと喋れる皆素質持つ
何事か成し遂げるのはその人の性格による才能でなく

個性

他人とは自分の味をちゃんと出し付き合う中で味が深まる
四季移りそれぞれ氣象あるように人も独自の氣象が出れば

天からの授かりもののわが資質楽しみそれを発揮し尽くす
我にある素質能力わきまえてそれをきっちり発揮すべきを
人として持って生まれたもの探り強く引き出し天に報いる
どの人も他人の持たぬ性質や能力持つね開発しよう
頂いた自己の素質を十二分発揮するぞと全力尽くす
我が個性発揮し尽くし世間から歓迎される人でありたし
一人ずつ違う個性を持っていること素晴らしく誰もが主役
何が好き？何が得意で許せるか？そんな自分の個性を知ろう
自分には未知のもの持つ人と会いそのいい所吸収しよう
他人との違い楽しむ氣持ち持ち人付き合いをこなしてゆこう
人間は多々の側面持っている見せ合うなかで互いに練れば
それぞれの個性味わう時間から自分見返すきっかけ貰う
感性を磨き人にはそれぞれの個性があると弁《わきま》えてゆく
人はみな固有のペース持っているそんな違いをよく弁えて
人はみな独自の個性持っており何を好むかいつも手探り

平均はこうですなんて言われても氣にせずでよしみんなでこぼこ
人はみな我と異なる個性持つうまく歯車かみあえば良し
人はみな違うことこそ当たり前変わったとこも長所に磨け
他人とは個性つかんで付き合って何を好むか探ってゆこう
根にもたぬ性格ならば怒っても人は受け容れ荒波立たず
性格は良くも悪くも見えるもの接する自分次第であるね
氣があわぬ人だとしても半年は我慢してみて収穫を得る
他の人を嫌う場合はその素質自分自身が持っていますよ
自己嫌悪して抑えてる我が癖を人に見せられ腹が立つのだ
わが視野を広めてくれる一番は異質な人と出会うことだよ
相性のあうあわないはありますねプライベートは好みを通す

魅力

穏やかで優しい心持つ人は何より勝る宝を有す
人として尊いものは純粋で濁りをもたぬ単純さかな

優れたり不足したりのデコボコが人の魅力の根源ですよ
散々の苦労の痕を悟られず人に接する爽やかな人
散々に苦労をしたがそんな事感じられない人こそ素敵
散々に苦労重ねて生きてきた人の魅力は人惹きつける
他人とは良いところ見て付き合ってそれを褒めつつ心高める
部屋清めひたすら坐り読経していつしか人が集まる禅者

徳

徳あれば自然に地位も与えられ活躍できる自己を磨こう
人こそが宝であって素晴らしい見識あれば制度も活きる
徳こそを良い習慣で養って年季を入れて立派になろう
学問を修め徳積む工夫には自分の意思が色濃く映る
太陽や月の如くに高き徳身につけるよう目標定め
聞いたこと十分内で練ったのち人にも伝えわが徳となる

人は皆天から徳をもらうけど陶冶《とうや》しないと涵養《かんよう》されず
　＊陶冶：人間の持って生まれた性質を円満完全に発達させること
　＊涵養：自然に水がしみこむように徐々に養い育てること
才能は必要だけど徳こそは人たらしめる第一だろう
人として徳性こそが本質で知能技能は二の次である
　＊徳性：　道徳的意識。道徳心
　＊本質：　これがなければ人間は人間でない、というもの
縁の下受け持ち陰で徳を積みいつしかできた人だと呼ばれ
中庸《ちゅうよう》の徳はまことに最高の徳であれども実行難し
　＊中庸：かたよらず常にかわらないこと
人氣取りばかりで真に徳積まず生きれば徳を損なっている
徳あれば黙っていても人が寄り慕われるものいい目標だ

器

生涯を決める人との邂逅《かいこう》を実らす資質磨いてゆかん

同じ事言っても腹に響くよな中身ぶあつい人になりたく
人間の器は遊び心から拡がってゆく力みもなくて
みずからの力量を知り余裕持ち事にあたれば言うことないね
無理をせず我が力量を知った上行動すれば後悔もなし
人は皆それぞれ違う器量持ち適する地位は異なっている
人間にそれぞれ器量あるもので器量に応じ働けばよし
騙されたことの多々あるお人だが一度も恨み喋らぬ器
人間はいつも自分の内容の量で他人を推し量るもの

能力

才能を自由自在に発揮して人に役立つ人物目指す
人間は現状変える力持つならば綺麗に変えてはどうか
人間は万物にある持ち味を活用できる力を持てり
どの人も真に持ち味発揮して力出しあい栄えたきもの
言うことを認めてあげて励ませば誰も秘めてる最高出せる

一灯があれば暗夜も怖くない何か得意をひとつ伸ばそう
何事かひとつ能力高めればその他の力いろいろ育つ
正しいか正しくないか常識で一目でわかる人たるべきを
満身に受けた創《きず》から掴みたる真理であれば真の力だ
才能をどう使おうか少しでも人が喜ぶことに使えば
自己の事人知らずとも氣にせずに能力のなき事こそ患《うれ》ふ
恵まれた能力奥にしまうなら深い味わい出てくるものだ
能力は大事であるがそれ自体わずかなものに過ぎないのだよ
能力は誉むべきなるもそれ誇り鼻持ちならぬ人では駄目よ

長所短所

人はみなそれぞれ長所持っておりそれを活かして生きたきものを
自己の持つ力をフルに発揮して長所の目立つ人となりけり
どの人もほんとにいいと感じれるところがあるね探してみよう
人のもつ真価きっちり評価して交わってるか考えてみよ

スピーチをやりあう中で自他ともに長所短所をはっきりつかむ
人間は長所短所があるものでひとりにすべて求めてはだめ
誰だって長所欠点持っている補いあって共に生きよう
欠点の目立つ人にも長所ありそこを認めて付き合えばよし
性格は欠点であり長所なりいい面とらえ伸ばしていこう
欠点があるが反面長所ありそれが人間長所を知ろう
性格の長所短所はセットなりいい面だけを見ようじゃないか
長所でもうぬぼれるなら短所だし短所自覚し長所にしよう
長所こそ伸ばすべきなりはつらつと短所が味を滲ますほどに
人は皆なにか長所を持っているそれが伸びたら欠点しぼむ
あら探しせずに長所を伸ばすよう力を入れて改善してく
本人が氣付いていない長所にも光を当てて人を育てた
欠点を直すことより長所とかできるものごと伸ばすが勝る
欠点の克服よりも長所知りそれを伸ばして命輝く
普段から長所ことさら自慢せずここぞの時に発揮をしよう

短所など思いひとつで長所なり自分を活かす道考えて
短所だと思っていたが長所だと活かせることもあり面白い
欠点と思うわがくせ長所にも変えていけるよ考えてみて
欠点はけして治らぬだからそれ受け入れ避けず付き合いゆこう
人の持つ短所は知るを要さない長所ばかりを取れば可なり
人を見てその欠点は〝飾り〟だと氣にならぬなら本物だろう
人の持つ短所を棄てて長所こそ取るべきである人を活かして

平凡

平凡な事もきっちり徹底し我が人生を味わい尽くす
平凡なことを毎日ていねいにこなしきちんと生きてゆければ
平凡な事も続けてやってれば人を動かす非凡が生ず
平凡な誰でもできる事続け思いもかけぬ力を貰う
凡事でも積み重ねたら大いなる力になって人感動す
平凡を続け生まれる非凡には人が心底感動するよ

平凡なことを続けてやれるには工夫をこらし進歩をみれば
平凡のありがたきかな学んでもそぶりをみせず普通に暮らす
平凡は地味ではあるが味わいが深いのですよ自分を知ろう
見返りを期待しないで平凡な事やり続けまわりも動く
ありふれた平凡な事徹底し微差や僅差を求めてゆこう

習慣

何事も日々実践しその事が普通になれば習慣になる
人生は普段行う習慣で出来上がるもの良き習慣を
ほんとうに自己を改善したければまず習慣を新しくして
人生を良くしたければひとつずつよい習慣をつけねばならぬ
天性はさほど人ごと違わぬが習慣こそは大差を生むよ
新しい習慣作るその時は持てる熱意の全てを注ぐ
新しい習慣つくる道遠く工夫しながら氣持ち高めて

第十章　人と体

人

押してみて押されるままに引く人は強い人だね心してゆけ
わが芯が強い人ほど柔らかく人の意見に対応できる
人間は本能として転んでも立ちあがるすべ心得ている
生物は向日性を持っている人も笑いの明るさに向く
我々は一人ひとりが仏さま例えて言えば不可思議光だ
一隅をしっかり照らす人材が多々居るこそが国の宝だ
人間も植物のごと根を張って見えぬ働きあればこそだよ
根が深く細かく張れば葉も繁る人もその根をじっくり育て
人間が磨かれくれば運命を自ら創る人にもなるよ
生涯を人の悩みを救うべく捧げた人の言葉明快
仁《じん》者とは生かしてくれる人である徳で他人を高めてくれる
　＊仁：いつくしみ。思いやり
徳ありて古言に学び歴史知り道に則る人こそ鑑
東洋の道を修めた哲人は芯から学び身についている

文化とは民族の持つ創造の力だ我ら誇らしきかな
多少ともできた人なら少なくも仲間うちでは聞こえるものだ
世の中に隠れてかなり善いことをしてる人あり味わいましょう
リーダーが輝く裏で支えてるナンバーツーが素敵と思う
優れたる人はおしなべ孤独なりそれ徹すればすべてに通ず
君子なら困窮してもいい加減したい放題やらないものだ
人として真の強者は誰ですかそれは私心《ししん》に打ち克つ者だ
＊私心：私欲をはかる心。利己心
人間の偉さはふたつ情熱とそれを高める意思力にあり
偉人とは霊感に富み感受性旺盛である人らの謂《い》いだ
自分とは違う世界に生きている人と知り合い豊かになろう
人は皆自分を映す鏡にて心静かに味わえば良し
人まさに自分を映す鏡にて清き鏡に自分映さん
どの人も自分を磨く砥石なりものはとりよう精進しよう
人は皆おのれの徳に相応の使命を持つよ弛《たゆ》まずいこう

人間はひとりひとりが絶対で融通無碍《ゆうずうむげ》の存在である
＊無碍：障りのないこと。とらわれがなく自由自在なこと
＊融通無碍：一定の考え方にとらわれることなく、どんな事態にもとどこおりなく対応できること

自らのわがままなこと許せないそんな氣持ちになれば大人だ
好かれてる？嫌われている？敏感に感じて育つ子供であるよ
プライドと劣等感はどの人も持っているもの緊張無用
人のことまめにメモして蓄えて生きた情報積み重ねては
他人には過度の期待を寄せませんそれは甘えを捨てる道なり
誠意ある人間として暮らすなら助けてくれる人も現わる
どの人も記憶の中に泣けるツボ持っているもの探ってみては
風吹けば草が従いなびくごと民の姿は為政者次第
上に立つ者の心のありように合わせて人は自然と動く
食べて出しちょっといいこと悪いことやって死ぬると心得られよ
親戚と交わる時は度を知って親しむべきに親しむならば

他人とは違うことこそ当たりまえ素直に受けて味わいましょう
大いなる人を敬いその徳に狎《な》れてもたれる事無きように
善良な人に好まれ不善なる人に憎まる人こそ可なり
昔から自らの事棚にあげ曲解の徒が近隣にあり
小人は自己の能力省みず己を買えと他人に求め
いい人をよそおう人の心には認められたい氣持ち一杯

人柄

人格を離れて人はありませんただ人格が久しく生きる
背中から後光さすよな人ならば学びほんとに身についている
君子ならいつも満ち足り爽やかな氣分を保つ人物だろう
本物の人は誰しも控え目で味を知るには時間を要す
穏やかな雰囲氣あるが引き締まり慎み深く安らかであれ
品性はことば仕草に表れる心を磨き良き品性を
人間の値打ちは知識のみならずその人格が第一である

目に見える測定できる事でなく人間性を大事にしよう
身を修め人を練るこそ第一であらゆる仕事人物次第
言葉にはまことが籠り行いはなおざりにせず人情あれば
肉体を使い体験経るなかで言葉に重み持つ人になる
剛にして正義のためめに屈しないそんな人こそ待ち望まれる
誠実で才幹《さいかん》のあり緊急の時も毅然と対応すれば
＊才幹：物事をきちんとやりとげる能力

地位得てもそれを特段意識せず努める人の高大である
実力があれど傲慢ならば駄目人の魅力は人柄にあり
人の持つ思いの深さ純粋さひたむきさなど動作に出るね
貧しくて道を楽しみ富んだとて礼を忘れぬ人こそ誉れ
人生の充実感がにじみ出る人を目指してまた日を重ね
知者ならば流れる水を楽しむし仁者は動かぬ山好むもの
自身には潔白であり他人には寛大ならば怨みを買わず
住まいには住んでる人の人柄がよく表れる温かさ出る

掃除する広さ深さがその人の良き人格に比例している
優しさが弱さに見える人ならばそれがほんとに身に付いてない
忌むべきは善柔《ぜんじゅう》であり欠点はないが道には進まぬ人だ
　＊善柔：外貌ばかり柔和で内に誠意のないこと
吸い殻を捨てる人なら捨てるだけ拾う人なら捨てたりはせず

友

友を得るためには人に純粋な関心寄せることが一番
種をまき水をやらねば友人は作れぬと知り励んでみては
修養を積めば自然と共鳴の同志が出来て楽しめるもの
熱意持ち実現したい事あれば同じ心の仲間を持とう
君が好き君のおかげで楽しくて会えて嬉しいそんな心で
人にほれ尊敬しだし自己の持つ可能性をも引き出しゆける
尊敬をする人居ればぶれないで我が人生を歩んでゆける
交わりが深くなるほど尊敬の心強まる人こそ理想

幸せを分かちあえるし応援を互いにできる友こそ宝
剛直で誠実であり教養も備えた人を友に持つべし
正しきをきっちり言って誠実で見聞多き人こそ友に
学徳がすぐれたうえで自己の非を諫《いさ》めてくれる人こそ友に
老壮の良き友を知り内外の時勢に通じ己尽くさん
良き友や師ならば我の内にある良き性質を明らかにする
何事もしあえる仲が望ましくいい関係が人間つくる
遊びあうなかでお互い見えてきて素敵な友と成ってゆくのだ
素《す》のままの交わり結ぶ友を得て日々を楽しみ生味わおう
あれこれとキャッチボールを楽しんで互いの無事を喜べるなら
磨きあい励ましあえる友を持ち兄弟和して悦ぶならば
不調でも自分離れず助言くれあるいはそばに居る友の良し
友だちは数より質だひとりでも悩み受け取る友だち居れば
理解してくれる誰かが居るならば安らぎ生まれ命輝く
友ならば思ったことを偽らず告げて導くことできるだろ

ライバルは共に楽しみうらやみもする間柄得難き友だ
ライバルは真の友なり勝つときも負けるときでも喜び感ず
おのれより優れた人を友に持ち薫陶受けて自分を伸ばせ
もやもやを一度吐きだし楽になるそんな友あり有難きかな
ほのぼのと交わりのある人たちが浮かんで来ては心寛《くつろ》ぐ
落ち込んだ時は仲間に会いにゆき元氣な姿見て感謝する
縁のある人との仲をよく保ち徳の心で誠を尽くす
人とかく自分勝手に動きがちそれを補佐する人ありがたし
付き合いをしてる友達見るならばその人のことおおよそわかる
毛嫌いをしてる人でも接し方変えてみたらば友になるかも

師匠

「うん」という心の通うひとことが万語にまさる人あり師匠
ものごとに明るい師から受ける恩いかに感激深いかと知る
徳があり本質見抜く力ある師友持っての人生である

良き師とか友を得るなら清新な氣の満ちてきて身は蘇る
尊敬をする人持てばぶれないで生きる姿勢が身についてくる
尊敬をする人持てば人生の同伴者得た強さを感ず
終生の師を持つ人は幸いでずっと成長続けてゆける
どのような師と友持つか大切でそれでさらなる成長遂げる
師と友は第二の父母で道の親尽きせぬ力与えてくれる
人生を確立させて惑いなく生きる為には師友欠かせぬ
人間を作る三つの要素とは血と逆境と師匠の運だ
世のすべて師であると知り何事も感謝と共に受けれるように
どの人も我が師とならぬ人は無しよく観察し向上得よう
良き師を得良き先達《せんだつ》にめぐり会い学び得たなら豊饒《ほうじょう》になる

＊先達：その道の先輩。先学
＊豊饒：豊かに多いこと

明師とか良友求め我がもつ隠れた宝しっかり知ろう
憧れの人を見付けてまねをしてマイナス思考いつしか消える

憧れの人なら悩みどのように解決するか想像しよう
問題に直面したら尊敬をしてる人ならどうと考え
きつい事やれと命ずる師匠には氣持ちを試す心があった
嫌われることを言ったりしたりする人は自分の師匠になるね
常日頃ほとんど褒めぬ師匠からまああだねと言われて沁みる
師のさまはまこと氣高く弟子である私の遠く及ばぬ境地
それぞれに性格違う有力な弟子を眺めて楽しむ人に
仰ぐべき師を持たないで生きるのは不幸であるよ師を求めよう
師友なきことは不徳といいましょう影響しあい伸ぶべきだから
励むうち心深まり見えだせば師匠を替える要あることも

先哲

師友とは幸い過去の人もよく一度得たなら蘇生の心地
人物を磨くためにはいにしへの人に私淑し研究しよう
歴史こそ学ぶべきにて人物に私淑するなら自分も判る

いにしへの立派な人を手本とし私利や私欲に走らぬ人に
いにしえの賢者の言に学んだら実践重ねそれらを活かす

リーダー

謙虚にてどんな人にもへりくだるそんな態度でリーダーたらん
上にたつ者の命ずることよりもその行いに人は従う
トップ立つ人がどれほど動くかで社の団結の程度が決まる
実行をする人こそがリーダーに適しているね責任をとり
この人のためなら私頑張れるそんな魅力を上司が持てば
社員から氣さくに声をかけられて共に楽しく食する社長
上に立つ者は礼儀を忘れずに下は真心保つ仲なら
上に立つ者が礼儀を守るなら民も従い治まってゆく
上に立つ者が我が身をしっかりと修めてこその国家の栄え
上に立つ者はその身を慎んで節約すすめ仕事に励む
上に立つ者が己の欲心を抑えていれば民も乱れず

上に立つ者の責任重大でそれの如何で組織は決まる
上司なら部下の器量をちゃんと知りそれに応じて働き与え
為政者の勤労を見て民衆が氣の毒だなと思うほどなら
まつりごと託されるならまずもって名分《めいぶん》正すことから始め
＊名分：道徳上、身分に伴って必ず守るべき本分
＊名分を正す：父が父の実を行い、君が君の実を行う

名分が乱れるならば上に立つ者の言葉はけして通らず
リーダーは人より三歩下がりつつ周囲の人を感化できれば
リーダーが元氣であればその元氣まわりにちゃんと伝わりますよ
指導的立場の人は素直なる心を持って真実掴め
常に自己掘り下げ磨き得た心幹部や部下に及ぼす社長
国政を行う人は天と地の道理わきまえ私欲を出さず
小手先の術を弄《ろう》さず大局を押さえて国を良きに導く
為政者は事を敬して信義《しんぎ》あり節約すすめ民愛すれば
＊信義：うそいつわりのないこと

為政者が葬儀重んじ年忌祭手厚くすれば民の徳増す
為政者は庶民の事情知った上礼儀を尽くし臨むのが良く
存在が意識されぬが人民が無事に暮らせる人が一番
大衆の時代になれば先々の筋道通す指導者が要る
最高の責任者なら細事など部下にまかせて役割果たせ
リーダーは徳と力をふだんから磨いて軽く見られぬように
二代目の社長となって当面は命令いらぬ下座行しよう
＊下座行：自分を人よりも一段と低い位置に身を置いて、わが身の修養に励むこと
良き人の治世百年続くなら国の空氣も一変しよう
為政者は民に道筋つけるけど道の理由の周知は難し
忙しいそれ口にする経営者無能なことを晒すも同じ
トップなら組織に属す人が皆意欲能力出す氣にさせて
会社持ち心すべきは怠慢と驕りであるよ身にしみている

名人

名人と言われる人は仕事での姿勢おそらく自然体かな
名人と呼ばれる人は誰も皆その対象と一体である
本当の一流人はどことなく田舎の親父みたいに足らぬ

賢者

賢者とは学ぶ姿の大きくて至るところに師を持つ人だ
凡人か非凡であるか分かれ目は精神であり感激にあり

先祖

生きるとは先祖たちから預かった命の炎燃やすことなり
幸せは祖先のくれた恵みだし我が行いは子孫に及ぶ
人は皆先祖の徳の恩恵を受けて生きてるそう思えれば
幸せは先祖の恵み自己もまた子孫に福を残してゆこう
その心先祖敬い祭るなら心のありか確かであるね

尊敬のできる先祖を持つ人は幸せですね元氣貰って
先祖への感謝の氣持ち忘れたらしっぺ返しが天から下る

親

何よりも生んでくれたね有難うそう噛みしめて心を洗う
我が親を敬愛してる人ならば他人あなどる事などもなし
人様に迷惑かけて態度とか雰囲氣とかで父に正され
言葉より親の生き方態度から深く心が感じて動く
人が皆嫌い引き受けない事を引き受けた父誇りに思う
父居れば志こそ見るべきで没したあとは行いを見る
過酷なる暮らしをしたが愚痴ひとつ出ずの両親脳裏に残る
開墾を倒れるごとくしてる母見て戦慄し孝行しだす
手伝って親が喜ぶ顔を見てさらに手伝う心膨らむ
繰り返し掃除徹底する父母の氣質受け継ぎおかげに感謝
世の中に母の力の尊くて夫《つま》も子供も大いに助く

母親が面白がって聞いてくれ張り切り話すネタ作る日々
母親に愛されたとの記憶こそ生きる力の根源である
岐路に立ちどう進もうか母に問い好きなようにと言われて目覚め
思う事ためずに話しだしたなら父とホントの親子になった
母親と良い関係が結べたらほかの人とも上々になる
心から母に感謝を出来るなら優しくもあり安定してる
孝心《こうしん》は人の暮らしを実らせる根本となる働きである
　＊孝心：親に孝行を尽そうとする心

わが親に対する氣持ち対人のすべてにわたる大切なこと
講演をするとき今は亡き父の写真を置いて話す人あり
父母祖父母さらに以前の先祖たちみなに感謝し講演をする
母親にどういう思い抱いてるそれで深さや人格わかる
父と母感謝するには日数要りそれが出来れば人と円満
歳を経て親の氣持ちも察し得て器を磨く入口に立つ
親ならば子を育てるの当たり前そんな氣持ちで愛に氣付かず

数々のしてくれた事思い出し自分自身で成長目指す
子を思う母の愛情喜怒哀楽それに触れつつ我確立す
生れたら三年父母の世話になるだから親の喪三年なりと
問題の行動起こす子の親は未解決なる事抱えてる
たとえ親どうであっても生き方を発見できる子供であれば

夫婦

夫婦には勝ち負け不要お互いに理解しあって助ければよし
お互いの人格ちゃんと認めあいそれから徐々に溶け合ってゆく
わが妻に尊敬される人となり初めて他人認めてくれる
思いやりそれを態度で表そうそして協力はげんでゆこう
家内にはよくやってくれ有難うきっちりそうと言えれる人に
伴侶得て彼女の長所十分に伸ばしてあげる賢明な人
賢妻に恵まれたならのびのびと仕事もできる事故にもあわず
わが夫《つま》が苦難の時に怨み事言わずさらりと氣持ちをほぐす

糠味噌は常にまぜねば物できぬそれがこなせる女房こそは
年経ても新婚どきの新鮮な瑞々しさを保てる妻は
受け継いだ文化習慣持ち寄って創意《そうい》しあって家庭ができる
　＊創意：新たに物事を考え出す心。新しい思い付き

夫婦でも感謝の言葉必要だ思うだけでは伝わらぬもの
機嫌とりドラマ演じる心もち夫婦の絆深めてゆこう
夫婦こそ人付き合いの根本でそれを知らねば先行き詰まる
夫婦とか家族のなかで一番のナマな自分をおおいに出そう
ほんとうの夫婦の道はながながく時に止まって相手を待つも
ある夫婦決めた事とはどちらかがどなりだしたら黙って聞いた
夫婦なら喧嘩するのがあたりまえ本音ぶつける時大切に
夫婦なら喧嘩しながら混じりあい家庭をつくる「格闘」のあり
本当は何を考え思ってる欲求不満ぶつけなければ
礼義はね結婚しての潤滑油守って過ごし寛ぎを得る
それとなく不満伝えて夫婦仲深めてゆこうクッションおいて

結婚は人と一緒にいることに耐える力を養うことだ
尽くしても礼もいわずに当然とされて我が妻淋しかったか
食事済み夫が食器流しへと運ぶ家庭はあうんの呼吸
散らかしてそのままにする夫だと夫婦の仲があわんの呼吸

家族

今は亡き家族がずっとあの世から見守っている心を灯す
家庭とは情の世界で理ではなし自然ななかで交わるがよし
家にいて寛ぐ時は伸び伸びとにこにこしつつ過ごしてみよう
児や孫に今の自分が現れるそれを意識し行い正す
子供には大人が手本示すべき大人変われば子供も変わる
「おはよう」と「ハイ」の返事をちゃんとして靴を揃える子に育てよう
手間ひまをかけず育てた子供には人間らしい感情欠ける
我が思い叶う比率の低ければ子にも寛なる心で臨む
歳をとりなおも元氣に動いてるそんな家族に力をもらう

家族とは会話忘れずユーモアを保ち楽しむ心でいれば
親子では氣がけなければ恩愛の深きに慣れて怠りがちだ
ちょっとした子の氣遣いが嬉しくて逆境しのぐ支えとなった
帰宅して子供が靴を揃えてるそれを見るなり疲れも取れた
ネガティブな感情処理をしたいもの何でも言える家族がいれば
家族とは煩わしいと思ってもそれは癒しと一体である
私こそ間違っていた悪かった皆が言い合う家族もあるよ
単身で赴任してみて妻子との絆深まる機会を得たよ
家族への恨みがあればその心蝕み氣持ち安定できず
見ず知らぬ人に親切することは肉親よりもたやすい事だ
自分よりあとから生まれくる人に何ができるかいつも考え

女

女性ならゆかしい心第一でそれで国家も興隆するよ
＊ゆかしい：上品ですぐれている

女性には人に寄り添い共感をする優しさが備わっている
男性と女性は性《さが》が違ってるそれをきっちり味わいゆこう
男には分化対立するさががが女は調和するさががあり
女とは情愛あふれ深遠で直覚的な知恵好むもの
江戸時代武士の娘の教養のお蔭で社会正しく保つ

命

頂いたおのが命に感謝して暮らせば命輝いてくる
誰も皆何か知らない力にて生かされている命に感謝
生命は与えられてる生かされていると氣付いて悩みが消えた
我が命天の恵みの借家なり生きてる間お借りしますよ
天からの頂きもののこの命生き抜くことが一番だろう
命とはいただいた分生きるもの今の暮らしに心をこめて
我が命自然の恵みあればこそ死ぬるはそこに帰れることで
命には限りがあると自覚して日々わが力出し尽くすべき

命には限りがあると自覚して今の交わり温めゆこう
我が体いつか修繕した人はその後大体長生きしてる
限りある時間であるし寿命あるそんな事とはなかなか知らぬ
我が寿命わからないから面白い頑張る元氣湧き出てくるよ
生きているそれは使命があるからだ使命果たせば天に召される
死に対し心の用意してますかそれはこの世を充たす心得

歳

青春は心の様を言うもので理想保てば決して老いぬ
歳とって時に限りがあると知りその使い方真剣になる
考えは経験積んで歳月を待って初めて円熟するよ
年を経て視野が広がり円満になっていくもの出会いを好み
老いるとは経験積んで思想をも深め自分を仕上げる道だ
高齢になれど弛まず道求め学ぶところに歳とる意味が
高齢になっても道をなお求めやまない人は生きがいのあり

何歳になれど学びを続けつつ人の心に明かりを灯す
心中の炎がいつも燃えてたら歳はとっても疲れを知らず
老いるとは全体を見る目が出来て全て自在に接する力
経験と度胸と知恵が整って円熟するは七十過ぎだ
九十といえど感動する心保ち他人も感動させる
目標をみつけ好奇の心持ち日々努めれば歳無関係
＊好奇：珍しい物事、未知の事柄に強く氣持ちがひかれること

前向きに人生とらえ生きている人の尊く歳の差忘れ
老いること感謝をしつつ受容して体とうまく付き合いゆこう
歳をとり氣持ちの通う若者を見つけ暮らしに楽しみできる
前面に立って奮闘していたがそろそろ人を育てる歳か
歳とれば我が肉体は衰えるしかし心はさらに輝く
年とればイヤな記憶は薄らいで良かったことが中心になる
歳とれば人の真実隠れなく顕れてくる真価がわかる

歳取れば不幸はすべて自らに責任あると悟ってもくる
年輪を重ねて味が出るもので歳相応に楽しめばよし
歳とれば積み重なったものもあるそれそぎ落とし自分に戻る
歳だからそんな氣持ちにサヨナラし心明るく生きるのが良し
歳とって若いころにはあれ出来たこれも出来たと悩みなさんな

体

わが体天地自然に生かされているとほんとに悟れば強し
天からの授かりもののこの体元氣に維持の不思議に感謝
この体天から借りたものなれば価値発揮してお返ししよう
自然体すなわち楽で安定しすぐに動ける姿勢をとろう
力みでも虚脱でもない自然体最も楽で安定してる
マッサージ自分でしてもそこそこでやってもらって芯からほぐれ
呼吸とは吐いてそののち吸うもので万事排泄大切である
適正な睡眠量は人によりさまざまである自分はどうか

心身を癒し活力取り戻す休みはいるね満喫しよう
体内の時計は七日単位とし動いているね七日で区切れ
細胞の酸素不足が原因で万病起こる呼吸で治る
体じゅう行きわたってる神経や血管見れば敬虔になる
腰骨を立てて曲げない暮らしこそ主体的への秘伝であるよ
腰骨を立てた姿勢を保つなら性根つくし健康になる
万病のもとは背骨にあるのかも脊髄圧しいい事はなし
身体が不具であっても心こそ丈夫であると喜び感謝

心と体

肉体と心はひとつ繋《つな》がって分けて治療は出来ぬものなり
足先が暖かくなるそう暗示かければ二度は皮膚温上がる
体にも感謝の氣持ち忘れずに自身で触り好転もある
現実を見る目が変わり身体や心の不調いつしか消える
世話ばかりかけていた我自覚して体の痛みきれいに消える

頂いた世話に感謝をしないから心身ともに無理いっていた
氣付きとか感謝の氣持ち深まると筋緊張がみるみるとれた
健康であればあるほど無意識になってゆきます養生いらぬ
魂が健全ならば肉体も健全になる日々努めよう
想像で妊娠すれば腹ふくる心かように体に及ぶ
思いとか考えあまり過ぎるなら臓器傷めるほどほどが良し
欲だすと途端に体変調し難儀を重ね生き方を知る
将来を憂い過ぎると腎にくるそこ氣をつけて人生変わる
身体の苦痛に意識注ぎすぎ不安高じて悪循環に
積極の心保てば肉体の故障も早く治ってくれる
長生きにとって危険な要素とは退屈するとよくよするだ
長生きをしたくば心安らかに楽しみをもち緊張せずに
モヤモヤと心がすれば断食をしてみるも手ですっきりするよ
嘘をつく人は自分を弱くするそれをやらずに寿命を保つ
話聞き目を見るならばその良否ただちに分かる眼に心出る

健康

喜働《きどう》して早寝早起き少食で多く歩いて健康保つ
精神の安定こそが先決でそれで心身健康になる
健康を維持する基は姿勢なり背筋を伸ばし腰骨立てて

食事

氣を向けて食事をすれば自ずから感謝も湧いて消化上向く
わが心ここに無ければ食べたとて味は判らぬ感じぬものだ
ああ旨いまずそう言って食べるならどんな料理もそれなりになる
氣持ちこそ大切である喜々として食べる姿が好ましいかな
断食し食べてないのに体じゅう力漲る経験できる
断食は自然治癒力上げるらし体浄化も実感するし
断食をしたあと食べて食べ物の美味しさとても実感できる
食べ物を一緒に食べる生き物は人間くらい時楽しもう
本物を作る農家の価値を知りそれを支える人でありたし

農業の過酷なことを体験し食に対する感謝深まる
美味《うま》いですと最高ですと喜んで食べる人とはまたご一緒に
飢えたとき食べた豆腐が旨かった飢えのおかげで満足知った
甘いもの美味《おい》しいけれど摂り過ぎは疲れを呼ぶね程々にして
食べすぎて良いことはなし太るほか思考力すら減退するよ

酒

ほろ酔いに量をとどめて心地よく高揚できる酒の達人
お酒なら適度わきまえ飲むべきでうまく心を潤わせよう
氣の晴れぬ時は人とは飲まぬことこれに尽きると私は思う
落ち込んでひとり飲むなら途中から心が澄んでくることもある
酒飲めば愉快に時が過ぎゆくが大雑把さはどうしても出る
アルコール依存治され克服し病得た事感謝するまで

病氣

病得て運がいいねと言いつづけ氣持ちだんだん上向いてくる
病氣とは辛いものだがその中に無限の意味も効用もあり
病得て熱や痛みが出ることも有り難いこと養生のもと
病得て日々が輝く人多く健康にてもそうなれば良し
病得て悲観しないでこれは自己高めてくれる試練と思う
病得て何が一番大切か考えだして日々感謝へと
病得てしみじみ健康有難いそう感じつつ長生きしよう
重病にかかりはじめて生きることとげに尊きと知る人のあり
病得て神の意志だとそれ捉え特別に目を掛けられてると
東洋の叡知は病友と観て仲良き道を探ってゆくよ
入院は体整えさらに前進むきっかけ与えてくれる
数々の病氣心がつくりだす心正して治癒力伸ばせ
精神を円満和平にもってゆきすっとしたなら病も去ろう
うつ病は心の風邪の如きもの悩み過ぎると回復遅い

下腹に氣持ちをこめた呼吸にて病氣も去って健康保つ
がんになりよかったことを数えあげがんに打ち克つ自分を描く
がんになり共に生きてく覚悟決め人生の質ひとつ高まる
病んでみて患者の氣持ち実感し「人間」となるお医者も居たよ
ダウン症患う子らは争わず仏のような温かみ持つ
障害を持って生まれて辛いけど神が与えた役割である
肉体にいかな欠点あろうとも打ち勝つ決意ベートーベンは

死

毎日のささいな事を疎かにせずに暮らせば死もうろたえぬ
この世での憎しみすべて捨て去って往生すれば上出来ですね
肉体は朽ち果てるとも精神は永遠なると思えば力
死ぬことを恐れるなかれ遠ざけず生とひとつと思うて生きよ
死ぬときが限界である生きているうちは限界考えないね
人間は必ず死ぬと自覚して今を生き切る心が出来る

あの世には縁ある人がみな居るよそうと思えば不安も消える
この我が身いつ死ぬのかは判らないそれ意識して思考深まる
天命は抗《あらが》い得ざる場合ありたとえ死すとも心は消えず
人として踏むべき道を知るならばその日死んでも満足だろう
人生の目的はなに臨終の時にいかなる人であるかだ
死してのち我が名が人に聞こえぬは実がないことで忌むべきものだ
道求め位譲った人のあり死して人らに称揚《しょうよう》される
＊称揚：ほめたたえること
死の床も自分高める道場と唱えながらの往生だった
何のため人はこの世に生きるのか死んだらそれの答えが出ると

第十一章　暮らし

今日

無理をせずしかし手抜かず毎日をひとつひとつと心をこめて
息絶えた過去は忘れて明日もなく今日一日に力を尽くせ
昨日の過ち悔いず明日くる事を憂えず今日一日で
日々今日が生まれた日だと心して過去と比べず生き切ればよし
毎日を今日一日の勝負だと氣持ちを込めて取り組んでみる
やるべきは今日するべきで明日などあてにしないが上々の道
今日すべきことに専念することが明日に備える最良の道
毎日をひとつひとつと大切に生き切るべしと氣持ちを入れて
失敗は繰り返さぬと反省しその日よしとし明日を生きる
いかほどの苦しみとても一日と思い務めば堪えてもゆける
起きたなら今日もいい日と口にしていい日だったといいつつ寝よう
やるだけのことはやったと安らかに今日もベットに入って眠る

今

今まさに過ごしてもいるこの時に再びはなし今大切に
今こそが喜びであり有難い腹の底からそう思えるよ
人生は一度きりなり待ったなしその時出来る最高出そう
今ここに居ることのみが現実だそれ最高に生ききるのみだ
今何ができるか常に考えて今できることすかさずやろう
今何ができるか探し出来ることどんどんやろうそのうちでなく
今できることは何かを考えて客喜ばす道実践す
今ここを生ききることが大切で人生それの積み重ねだよ
手を染めた事には力出し切ってただその時のベストを尽くす
今出来ることひとつずつやってゆき我が人生を好転させる
出会いには一期一会の心持ち誠意尽くして実りを得よう
美術展出掛け素敵な絵の前で一期一会の感想交わす
現実に幸せ多く潜んでる理想を追わず今を生きよう
向上の心を保ちいつも今更なる自分求めてゆこう

目標を掲げたならば常に今、今の一歩をしっかり踏もう
今ここをどう生きるかの連続で日々真剣にそれと取り組め
いつも今幸せですと感じれるそんな心を保って明日へ
向かいあい解決すると心決め今の悩みにきっちり応ず
この今に過去が咲いてるまた今は未来の蕾《つぼみ》一杯である
氣付いたら過去や未来を思ってる？今をしっかり生ききることだ
一隅を照らす姿の尊くて今の暮らしに最善尽くす

暮らし

つつがなき日々の暮らしが悟りにも通じる道で修行といえる
身の丈にあった暮らしをする中で満足のいく毎日を得る
いただいた命感謝し毎日を心ゆくまで味わいゆこう
世の中は簡単事の積み重ね特別なこと少しも無いよ
国民のひとりひとりがちょっとした生き方変えて社会を変える
人民が豊かな暮らししていれば治める人も豊かになるよ

忙しくあれこれすればするほどに知恵と工夫は生まれてくるよ
するべきが沢山あれば自ずから処理の能力高まってゆく
人の道守り親には孝をして恩ある人に報いる暮らし
集まりは世話する人の積極さそれの次第で大きく変わる
祭りごと行う際は崇敬《すうけい》の心を保ち大いにやろう
＊崇敬：あがめうやまうこと

ゴミを出すありさま見ればその土地の民度がわかる上品か知る
持ち物を整理整頓するならば効率上がり仕事もすすむ
無意識のうちに体が動きだし整理整頓いつもやれれば
何のため結婚するか自覚して式を挙げれば皆応援す
人間はいつも見ている品物にいつしか心似てくるものだ

休日

休日は氣持ちを洗ういい機会だらだらせずに計画立てて
自らの意志働かせ休日を活用すれば仕事も活きる

過去

過去のことどう判断し感じてるそれは素敵に変化もできる
率直に過去の出来ごと思い出しそれの持つ意味違って見える
過去のこと思い出すなかその意味や価値が変化し新たな自己に
過去のこと調べるうちに感動の記憶の戻り誤解なくなる
根氣良く過去を調べているならば意外な事実思い出すもの
辛い過去あったお陰で強くなり過去感謝して未来に力
わが過去を振り返るなか考えの柔軟性を身につけてゆく
過去起きた事は変えられないけれどその意味づけはどうとでもなる
辛い過去あったからこそ自分ありどの出来事も勲章になる
過去のこと今の氣持ちを反映し良くも悪くも見えるものだよ
自己の過去ちゃんと判れば現実も受け容れ生が豊かになるよ
過去のこと引きずらないで感謝して未来を変えて素敵に生きる
過去のこと引きずりそれを言い訳に使う暮らしとおさらばしよう
過去のこと反省するが後悔はせずに前向き人生開く

過ぎたことくよくよするな振り向かずいつも前見て歩んでゆこう
一番のストレスだった思い出も過ぎてしまえば懐かしきもの
過去調べ我の醜さありありと自覚する時経て立ち直る
我が過去の人付き合いや生き方を調べることで価値観正す
過去学び未来をいかに生きるかを探ってゆこう教訓活かし
過去にこそ将来のこと見通せる智慧潜んでる歴史に学べ
過去受けた事実そのまま思い出しそれ裏づける心に触れる
感情を離れわが過去事実とし見つめることで解放される
過去恨み自分どうせと同じ場で足踏みするは勿体無いよ

将来

生き先を決めてバスにも乗るように十年先の自分を描け
年とってお世話になったわが体献体すると決めて晴れやか
生きているわが身の利害計るより子孫へ及ぶ影響思う
桜植え自分の代で愛《め》でずとも後世の人楽しめばよし

将来をちゃんと見通し広く見て思慮を巡らし憂いを防ぐ

会社

世間から喜ばれるし社員らが誇りを持てる会社にしたく
どれ程に客の求めに応えたか繁盛のコツそこに極まる
社員みな思いやりあり他の人に迷惑かけぬ心掛けなら
社内では共生こそが望まれて競争しない姿が理想
会社なら素敵な社風ぜひ作りそれで社員が動いて笑顔
誰のでもない仕事あり率先しそれをやるよな社風であれば
経営は社内の都合二の次で客のことこそまず大事にし
売上が減ってもそれをわが会社体質変える機会と捉え
不都合を受け入れ工夫改善し励むなかから会社強まる
取り引きをするかどうかはわが社員それで幸せ掴むかで決め
創の字に傷をつけるの意味があり辛苦なくして創業のなし
創業の精神それは緊張の精神である失せたら危険

会社なら二割不要な社員居る彼ら受け入れ皆頑張れる
会社なら目先の利益ばかり追う風潮正す必要あろう
結果だけ急ぐ事業は誠意なく転落をするスピード早し

仕事

誇りもちわが領分をこなすなら他人のそれも尊重できる
全力をあげて仕事に取り組めば進歩向上続けてゆける
縁あって頂いている仕事には感謝をしつつ自分を磨く
頂いた職業通じ幸せになるしかないと氣付いた目覚め
能力がないと自覚し仕事には一心不乱自分を尽す
何のため仕事するのか志しっかりあれば愛され伸びる
職業に徹しそこから離れずに現実見つつ揺るがぬ様で
根氣よく熱中をして取り組めば仕事も伸びて成長できる
役職に就いたら力出し尽くし悔い無きように存分にする
自信つけ意見述べれる人になり仕事の質を向上させる

やれ励め仕事通じて得た悟りわが人生を深める道だ
生涯を貫く仕事持つこそが世界で一番楽しく立派
地味であれ目立たなくともわが仕事一隅照らすそう自覚して
机上には手掛けた書類のみを置き時を待たずに解決してく
今日中にやるべきことは今日中に仕上げることが成功のコツ
仕事では一氣呵成にやりぬこう人の思惑は氣にせずで良し
仕事には興味を持とうそうすれば余暇も楽しむ人になれるよ
やりたくてしようがないと心向け仕事取り組む工夫をしよう
どのような心を持って働くかそれの如何で元氣が決まる
頂いた仕事楽しみ没我《ぼつが》にて一体となり何かを得よう
　＊没我：自我を没却すること

楽しんで仕事をやろう懸命にやってますとの力みをとって
楽しんで仕事しているふりすれば実際ちょっと楽しくなるよ
仕事から面白きこと見つけよう氣持ちひとつで前進できる
仕事には面白そうと前向きに取り組んでみて楽しみを知る

趣味遊ぶ心仕事に取り入れて楽しめるならこのうえないさ
生業《なりわい》を楽しみながら出来るなら素敵な事だ遊ぶ心で
　＊生業：世わたりの仕事

職業を道楽だなと実感しひたる暮らしが満足つくる
清掃をオシャレにこなす人を見て仕事に遊ぶ心を感ず
働けば体の調子維持できる働き通じ喜び感謝
事業とはつまり人なり上に立つ人の人格氣分を映す
商売は買い手に利あり売り手にもそんな仲から発展するよ
商売は売り手買い手と生産者皆が得すること考えて
お客なら欲しいサービスいくらでも持っているものまめに対応
お客には卑屈にならず仕入れ先見下しもせず等しき態度
仕事して大変な事多々あれど客が来ぬほど大変はなし
わが体こまめに使いすることを見つけていれば客訪ね来る
利益より社風よくする事励み素敵な会社作ってゆこう
人はみな社風に沿って励んでるそれが良ければ仕事もいいよ

業界が良くならぬなら我が社とて良くならないと考え動く
商売は価格競争する前に感謝の念を深めるべきで
企業なら利益出すこと要るけれどそれをなすには道踏むべきを
労せずに得た利益では必ずや人も会社も悪くなるだろ
会社にて一番つらく過ごしてる人をよくする事から始め
仕事して人に喜び与えたい役に立ちたいそんな氣持ちで
仕事して喜ばそうと心掛け要《かなめ》の人となる道歩む
喜ばすことが仕事の一番のコツだと思うそれに尽きます
雑用もそれで他人が喜べばどんな事でも立派な仕事
雑用をいかにするかでその人の人間性があらわれてくる
氣持ちこめ雑用をやりだんだんと大きな仕事こなせる人に
つまらない仕事はないね何事もどう考える自分次第だ
仕事する時は必死で我忘れ一体となり何かを掴む
本氣にて仕事をすれば必ずや助ける人が現れるもの
どのような仕事をしても懸命に取り組んでれば才能出るよ

職業を通し社会や人のため尽くすところに生きる意味あり
揺るぎなく凡に徹して商えば金は自然と入ってくるよ
わが視野を拡げる努力するが良く仕事の質が向上します
会社なら利益伸ばすも大事だがまずは社員の成長こそが
職員の人間的な成長が全てにまさるサービスになる
仕事する目的はなに第一は自分成長させることだよ
我が価値を正しく評す人あれば喜び仕え力尽くさん
頂いた仕事厳しいものならば意欲を湧かし生き生きとなれ
僅かなる時も惜しんで仕事をしそれ習慣となれば悔いなし
務めてる会社の利益だけでなく社会の利益よく考えよ
やれ仕事一番うまく進むのは人の関係スムーズなとき
先輩になれば後輩きっちりと育ててこその一人前だ
住んでいる地域元氣にするために居酒屋をやり繁盛もらう
どのような仕事するとも徹すればそこに無限の世界拡がる
職業に貴賤あるとも従事する人次第では如何ようにでも

清潔を徹底すればやっている仕事の質が向上するよ
整理して仕事の効率上げながら清掃をして質をも上げる
手間暇をかけて商品ラッピングしたら業績ぐんぐん上がる
お店なら暇なときほど忙しく立ち働いてお客を呼ぼう
手形での取引すれば支払いが先になるため仕入れに甘さ
新規なる事業始めるその時は今の仕事も疎かにせず
他の人に見捨てられてる商品も宝に変わる可能性あり
仕事せず怠る者は不満言い精出す人はわが夢語る
失敗で社員叱らず思いやり欠ける行為は本氣で叱る

掃除

身のまわりきっちり掃除するならば心整い穏やかになる
掃除こそとことんやれば人格が深まってくる高まってくる
掃除こそ世を生きてゆく精神を鍛えてくれる奥行きである
掃除して素直な心満ちてきて先が見えだし不安なくなる

どの人も素直な心持っている掃除をすればそれ鮮やかに
掃除する時の心はきれいなり掃除は心磨いてくれる
自己の事悩んでいては苦しいね掃除をやって無心になろう
掃除こそ荒《すさ》んだ心落ち着かせ穏やかになる近道である
傲慢もトイレ掃除をするならば謙虚に変わる周りも変わる
掃除して綺麗になれば爽快で頭も冴えて心も澄むよ
掃除こそ続け実行していれば次第に人の心が変わる
わが心磨くためにと毎朝の散歩の折にゴミ拾いする
わが心重心低く保つべきそれにはトイレ掃除がいいよ
真剣に身体使って掃除する大人を目にし少年変わる
氣付いたらその場で処理をする力日々の掃除で身につきました
氣付く人目指したければ掃除だよいつも他人を喜ばせつつ
心こめ徹底的に掃除して氣がつく人に成長できる
掃除して氣づき深まり無駄なくし成果をあげる人を目指そう
掃除して心清めば先のこと見えだしてきて不安も失せる

掃除して手足使えば自己の持つ直観力が研ぎ澄まされる
掃除して人が喜ぶ姿見て掃除の楽しみ実感したよ
黙々と自分ひとりで掃除やり人に強制せぬ出だしなり
掃除する事よりいいと思うこと思いつかずに掃除にはまる
掃除こそ心の荒《すさ》み取る手立てそう信じつつ続けてきたよ
掃除こそ効果があると掃除して伝わるまでに三年かかる
荒んでる社員の心穏やかにしたくて掃除続けてマルに
取り立てて能力のない私だが掃除続けて日の目を見たよ
率先し時間と身体費やして掃除をすれば好感持たる
例外を作らず日々にコツコツと掃除を続け体で学ぶ
どんな日も掃除欠かさずやるなかで継続の価値体感したよ
掃除してワタシの心磨かせて頂こうとの心であるよ
掃除して心磨けば謙虚とか氣づき身に付き感謝の人に
掃除して謙遜心が養われ立場を越えた誠意で動く
掃除して立ち居振る舞い落ち着いた雰囲氣になり信頼を得る

掃除して謙虚な人になったなら接する人の対応変わる
掃除こそお奨めですねする時は心無にして取り組めるから
掃除する時はひたすらなり切ってやり切ってこそ満足を得る
掃除して氣遣い生まれ性格が穏やかになり人相変わる
職場にて掃除をやって綺麗にし人相変わり人生変わる
掃除する人の姿を見たならば我が心まで清められるよ
掃除して整理整頓維持すれば工夫改善する力つく
掃除には精神洗う作用あり心を無にし純粋になる
掃除など献身的にやっている人の無欲な姿にうたれ
見返りを何も求めずひたすらに便器を磨く人に衝撃
実際に便器を素手で掃除する姿目にして新風が吹く
暴走をする子を誘い始めたら一心不乱便器に向かう
掃除して涙出るよな感動と満足感が体を包む
掃除して黄ばんだ便器光りだし感動生じ心が変わる
掃除して会社綺麗になったなら仕事はかどり残業減った

掃除して会社の空氣変化して不平不満が感謝に変わる
掃除してその場の空氣変化して清々しさが漲《みなぎ》ってくる
掃除には徹底的に人変える力があるよ氣遣い生まれ
掃除して人生良くし会社とか社会も全部良くしたかった
掃除して綺麗にすると場が生きて場に生かされて感動もらう
掃除して共に社内を磨いたら協調性出おだやかになる
掃除して綺麗にすれば自ずから場の雰囲氣が穏やかになる
掃除には計算を超す不可思議な力があると実感したよ
掃除して手間ひまかける事柄も面倒がらずやる人になる
常日頃トイレ掃除をやってれば小さなことも感謝をしだす
常日頃見ているものにわが心似てくるものだ掃除は大事
清掃は毎日すべき綺麗なる所をさらに綺麗にするよ
掃除なら範囲を限り徹底しそこを綺麗にするやり方で
このゴミを我が拾えば通る人ゴミ見ずにすむならば拾おう
会社での汚いものをそのままにしてては心すさむと感ず

職場にて掃除始めて定刻に帰れだしたし不良も減った
工場を掃除で磨き不良減り部署の垣根もとれ円滑に
新宿の掃除をしたら街変わり人も変わって犯罪減った
掃除して街が生き生きしてきたと実感できて心喜ぶ
現状を最大限に生かすため掃除でその場高めていった
業界の体質変える力なくまず掃除から始めてみたよ
わが手足使い掃除を徹底し仕事の質の向上をみる
掃除して社員の意識変化して創意工夫が成果を結ぶ
スポーツの試合に出向き会場のトイレ掃除し勝つチームあり
掃除する範囲の広さ深さこそその人物の大きさ示す
掃除でもいつも工夫と改善し進歩あるなら継続できる
余裕なき時であったが時間割き掃除に徹し余裕ができた
洗車して事故と故障が激減し客訪ねては尊重される
わが車汚れたままの運転は荒くなりがち事故につながる
洗車して物大切にすることは人大切にすることになる

はきものがそろえてあればそれだけで心落ち着き氣持ちもいいよ
手を使い共にトイレを掃除して謙虚な中でご縁を結ぶ
共同で掃除をしたら社員らの関係ぐっと見違えりだす
警察と暴走族が共になりトイレ掃除し爽やか笑顔
米兵も共に掃除をしてみれば違和感消えて笑顔が通う
通りなど掃除してると挨拶を頂きだして嬉しくなるよ
掃除して仕事の上で手抜きありそう氣がついて猛省を経て
汚れもの見れば一瞬腰引くが手を出すならばそれほどでなし
掃除法教えることになってみて自己の未熟を痛感したよ
掃除する道具に名前つけるなら命が入り物生きてくる
掃除する道具の置場工夫して誰でもすぐに使えるように
難病にかかった人が掃除して心変化し体調戻る
倒産をした会社見て整然と掃除されてる前例のなし
掃除なら余裕できたら始めますそんな人なら一生やらず
ゴミ捨てるお人は捨てるばかりにて拾う人とはどんどん差つく

趣味

趣味という自分の世界持つことは大切なこと喜び尽きぬ
趣味を持ち長い人生楽しもうそれは生きてく柱であるよ
ストレスも趣味を持つなら軽くなりものの見方も幅広くなる
早くから趣味を温め暇つくりそれに打ち込む様がおすすめ
仕事をしオフの時間も楽しんで悔いなき暮らししようじゃないか
持ち時間きっちり分けて仕事をしかたや趣味にも没頭しよう
なにかこの仕事離れて打ち込める趣味ありますかそれって大事
精神の疲れをさっと取る趣味をハマれる趣味を持つべきであり
趣味の道深めてゆけばある時にとんだぜいたく味わうことも
新しい趣味作りたく思うなら何か集めてみるのもいいよ

音楽

ゆっくりと繰り返し弾き少しずつ早めてゆけば誰でも弾ける
合奏は音調和するその中に個々の音色がくっきりならば

音楽はとても感情動かして人に入って感化及ぼす
音楽が美と善尽くす様を聴き高い境地に感嘆したよ
音楽は人の性情和らげて情操育て人格つくる
時々の氣持ち素直に歌にのせ表すことが支えになった

旅

それぞれの土地に異なる暮らしあり旅で触れ合い価値観変わる
故郷や旅で訪ねた土地などを思い起こせば心やすらぐ
旅ならば個人旅行がおすすめだトラブルにあい度量が増すよ
旅先であまた体験した人はどのトラブルも切り抜けられる
旅に出てあれもこれもと欲張らずどっぷりどこか浸るのも良し
船旅はおすすめですよゆったりと時間流れてストレス消える
船旅に出たら時間がゆっくりで普段話さぬ心も話す
運命を受けいれ如何に生きてくか考えてみる旅先もあり
異国では土地の言葉でこんにちは言えて印象ぐっと上むく

旅すれば初めての人行き逢って己を映す鏡となれり

本

本を読むその目的は知識より心を鍛え人練ることだ

古典には生きる力がてんこもりよく親しんで我を育てん

古典には英知が宿り歴史とは苦闘の記録これらに学べ

古典書を心の糧と読み深め生きる人には趣のあり

読むならば直観的で生命を込めた古典をひもとくべきを

年をとるごとに古典が精神の拠る辺となって実《げ》に役に立つ

経験と叡智を駆使し生きるには聖賢の書も触れねばならぬ

本にある知識わが身につけるには折にふれては読み返すべし

本読んで実践をする切っ掛けになれば読書も価値あるものだ

ぴったりの本との出会い人生を変えることあり探ってみよう

わが心ぴったり支え納得の言葉を探し今日また読書

共鳴をする言葉たち逢いたくて今日も本などひもとく夕べ

読書とは心の食事豊かなる心養う必須の滋養
人として力一杯生きるにはまず沢山の本読むことだ
氣に入りの本をみつけて事ごとにそれをひもとき元氣を貰う
書を読んでわが人生に照らしつつひらめく心地すれば上々
わが思い深まるならば本読んで行間までも判ってくるよ
佳い本は体を清め精神を昴《たか》め静めて霊魂洗う
佳い本を読んで心に美しい火を燃やしつつ尊き生を
佳い本で言葉に出会い我つくり美しい火を心に灯す
佳い本を読めばしみじみわが内へ話すことすら出来だすのだよ
佳いものが三つあります佳い人と書と山水だ書はいつもそこ
読むならば心浄める書を選びいろんな場所や時間で触れる
真剣になれば命の籠《こも》りたる尊い本が唯一となる
一冊の本から貰う恩恵は豪華極まる宝に勝る
わが心養う本に親しんで体養う道も尋ねる
漢詩には人情の美が尽くされて洗練された世界があるよ

読むならば難解であれ考える力つくよな本がおすすめ
雑用に追われていても寸暇得て書に道まなび心胸《しんきょう》拓く
　＊心胸：むね。こころ。胸中

投げ出そうそう思ったが読み続け深い感動こみ上げてきた
読書にて自己の問題洗いだし正しい実践できる人へと
優れたる人に学ぼう愛読書持って人間掘り下げゆこう
いろいろと立場の違う本を読み自分の姿探ってゆこう
無作為に選んだ本の偶然に開いたページ案外いける
金出せば本もすぐさま手に入るしかし写本で頭を鍛う
精神を語る書物も読みこめば手に取るだけで良否がわかる
読書して疲れるならばまだまだ読んで疲れがとぶ域になれ
良き本に出会い心を打たれつつ読み耽《ふ》けるとき無上を感ず
本を読む時は本には読まれずに我が主体となって読まねば
出版もやるべきときにせねば駄目出せば次へと回転してく

言葉

平凡に見えた言葉も噛みしめて味わううちに素敵さ分かる
名言に出会いメモして日数《ひかず》経ち見直すたびに味わい深く
いい言葉たくさん知れば友達に恵まれるごと潤いが増す
あれこれと読んで入った言葉たちじわじわ熟し血肉となろう
佳い言葉知ったらあとは実践だ言葉を生かす努力をせねば
どのような言葉発するかによって良いも悪いも引き寄せられる
プラスなる言葉喋れば思いまで変わりひいては行動変わる
言葉には命のありて人をして生まれ変わらす力を持てり
人物は言葉であるね常日頃使う言葉が運命拓く
平凡な言葉としてもそれ発す人の思いが凝縮すれば
〝わたし〟やめ〝わたくし〟にしてそのほかの言葉もみんな美しくなる
付き合いは言葉ひとつで変わるもの相手の氣持ち大切にして
言葉にはすべて魂宿ってる素敵な力秘められている
言葉には発する人の力量と聞く人のそれ深く関わる

言葉には不思議な力宿ってる人を励ます言葉出せれば
傑出をしてる人ほど言葉での慎むことを重視している
「吐」く言葉そこからマイナス抜くならば「叶」うになるねマイナス要らぬ
心地よい言葉発する人よりも木訥《ぼくとつ》がまだ望まれるかな
＊木訥：質朴で無口なこと。無骨で飾りけのないこと
ことばとは汗の如くで出たならば取り消しきかぬ慎重にせよ

物

要るものか要らないものか迷うときそのほとんどは要らないものだ
要らぬものすっぱり捨てて要るものが生きてくるもの整理が大事
思いきり物を捨てれば必要な物が要るときすぐ手に入る
捨てきれず使わぬものを溜めておくことこそよほど勿体ないよ
置き場所をはっきりさせて要るものがすっと出るよな工夫をしよう
人からは見捨てられてる商品も宝の山になる場合あり
商品に付加価値のあり人間の手間ひまちゃんと評価をしよう

あまりにも安い値段の商品に作った人の御苦労思い
安ければいいが全ての社会だと砂をかむよに味氣なくなる
どれほどの手間ひまかけた商品かそれ知った上高くても買う
商品に付加価値のあり適正な価格維持する必要感ず
商品は備わる価値を持つものでそれ崩しての商売はせず
メーカーが精魂込めて製造の品を決して叩き売りせず
商品を過剰に在庫するなかれそれは経営圧迫するよ

お金

人のため使った金は戻りくるこれがお金の法則ですよ
我磨く生きた金には惜しまずに手出しをしよう金を活かそう
頑張って金をためたらその金を自分を磨くために使おう
金儲けするのもいいがどのようにそれを使うか次第で決まる
どのように金使うかでその人の人物わかる隠しもできぬ
富を得てそれどのように使ったか見極めてから賞賛しよう

どのような金持ちであれ他の人に施さぬなら心は貧し
できるだけ自分以外のことだとか社会良くするため金使う
人材を育てるために使う金もっとも価値が高いと知った
志高く生きてる人のためお金使うと心に決めて
買うときは縁ある人を選び買い喜ぶ姿楽しんでいる
そこそこに稼げだしても一円のお金の値打ち忘れず過ごす
経済にゆとりがあれば欲しいもの買ってお金を循環さそう
貸すけれど多分戻ってこないだろそんなお金も時には貸した
お金貸す時はその金返ってはこないと思う心で貸そう
お金にて損をしたなら授業料払う氣持ちであとくされなく
金のため心を病ますくらいなら貸したお金はすっぱり忘れ
借金を返す仕方でその人の人間性が手にとるごとく
借りた金いつか必ず返しますその意志あれば立ち直れるよ
どれほどの富を得たなら十分かそれは自分が満足すれば

日本

日本には最も長い王朝が続いているね誇りを持とう
その昔ザビエルが来て日本人真に優れた人たちと知る
恥を知り自己抑制がひとりでにできる素敵なわが日本人
日本には他国の人が目を見張る美質があった伝承せねば
わが国は大きな宝蔵してるそれは善人多々居ることだ
日本人ひとりひとりが暗闇を照らす灯りと成るべく励む
日本には語り継がれた美しい言葉あるから学んでみよう
勤勉と忠誠こそはわれわれが世界に誇る美徳であるよ
日本には見えぬところでいい仕事してる無名の人多く居る
日本にはわが身なげうち教育に邁進してる先生多し
我々の先祖は絶えずうしろから来る者思い整えていた
過去のこと感謝をしつつ次世代へ素敵な日本引き継いでゆく
日本には全てを自己の責任と捉え尽力する風土あり
各国の食も思想も消化してわがものにする日本の器

困難に出会い日本に伝統の精神我ら備えると知る
わが国は過去に何度か国難に襲われたけど堅忍不抜《けんにんふばつ》
＊堅忍不抜：がまんづよくたえ忍んで心を動かさないこと

世界

自然界完全目指し動いてるそれはすなわち真善美なり
我々を包むこの場に自然なる治癒力のありスピリットあり
世の中に目に見えぬもの満ちている素敵なパワー頂けもする
この世には人智を超えた大いなるものがあるなと畏敬《いけい》忘れず
＊畏敬：（崇高・偉大なものを）かしこまり敬うこと

世の中のすべての素はエネルギー我も活力高めてゆこう
東洋も西洋とても人間の社会であって学びは同じ
わが郷土慈しみつつ訪れた土地に敬意を払ってみよう
世界にはどんな謀略宣伝があるかきっちり事実に即し
世の中は良いか悪いか紙一重どちらがでてもひきずるまいぞ

国

それぞれの国の良い面取り入れて真に良き国造ってゆこう
住む国がより良き様になるように持てる力でそれぞれやろう
道徳の廃れた国で俸禄を得るは恥ずべき姿であろう
道の無き国においては思うまま正しきことを言うのは控え

自然

宇宙とか自然の声に耳澄まし素直になれば道見えてくる
自然こそありがたきかな浸るとき無心になって安らいでゆく
酸素とか太陽光のおかげだと氣付き心に変化が起こる
悠々の天地静かに観ずれば敬虔《けいけん》になり努力を誓う
＊敬虔：うやまいつつしむこと

自然とは悠々にして限りなく常に変化しそして「無」である
眼前の天地はけして偶然に出来たのでなし人間もそう
この地球人を含めて限りなく育てくれてる力に感謝

常日頃自然に接しそこにある囚われのない心を学ぶ
田舎にて自然にまみれ暮らすなか人智を超えた力を感ず
川があり人の命をはぐくむよその源泉を訪ねてみては
自然見て我が身省み生活の非合理矛盾知り改める
はけ口がなくなり心塞いだら自然に接し心ほぐそう

勝負

真剣な勝負経験した人の言葉は光り心を打つよ
技競う勝負をしても礼節を常に忘れず交わり深め
勝負事勝とうとせずに負けまいとするのが良くて力みがとれる
勝とうより負けまいという心こそゆとりを生んで好ましいかな
戦《いくさ》なら敵の視点に立ってみて我らの不備を考えてみる
やりきった人は試合に負けたとて笑顔でいるね納得してる
勝負なら迷ったほうが負けになる道筋太く貫き通せ

囲碁

弱氣にて守る手よりも強氣出し攻める手まさる場面が多し
好きな手を何度も並べ無意識の中に知識が染み込めばよし
勝ちたいと意識しだすと硬くなりのびのびとした手が出なくなる
囲碁のプロ難所を迎え背を曲げて考える人大成しない
囲碁すれば学びもあるが深入りをすれば自由が利かぬが多し

参考にした図書

植西聰《うえにしあきら》『小さなことにクヨクヨしなくなる１００の言葉』成美堂出版、二〇一一年
江原啓之『幸運を引きよせるスピリチュアル・ブック』三笠書房、二〇〇一年
おおいみつる『白隠ものがたり』春秋社、一九八一年
大山真弘『お母さんにしてもらったことは何ですか？』サンマーク出版、二〇一二年
岡本彰夫『神様にほめられる生き方』幻冬舎、二〇一三年
鍵山秀三郎『あとからくる君たちへ伝えたいこと』致知出版社、二〇〇五年
鍵山秀三郎『一日一話』ＰＨＰ研究所、二〇〇四年
鍵山秀三郎『困ったことばかりでも、何かひとつはよいことがある。』ＰＨＰ研究所、二〇一二年
鍵山秀三郎『人生の作法』ＰＨＰ研究所、二〇〇九年
鍵山秀三郎『掃除道』ＰＨＰ研究所、二〇〇七年
鍵山秀三郎『正しく生きる』アスコム、二〇一〇年
鍵山秀三郎『ひとつ拾えば、ひとつだけきれいになる』ＰＨＰ研究所、二〇〇六年
鍵山秀三郎『凡事徹底』到知出版社、一九九四年
鍵山秀三郎『ムダな努力はない』ＰＨＰ研究所、二〇一〇年
鍵山秀三郎『やっておいてよかった』ＰＨＰ研究所、二〇一三年
黒田クロ『見方やり方考え方カエル　発想の転換』アスク、二〇一三年

桑畑正樹訳『西郷南洲遺訓』到知出版社、二〇一二年
斎藤茂太『遊び上手は生き上手』ベストセラーズ、二〇〇七年
斎藤茂太『いい言葉は、いい人生をつくる』成美堂出版、二〇〇五年
斎藤茂太『いい言葉は、いい人生をつくる　ラストメッセージ』成美堂出版、二〇一一年
斎藤茂太『「大切にされる人」94のヒント』三笠書房、二〇〇四年
斎藤茂太『気持ちの整理　不思議なくらい前向きになる94のヒント』三笠書房、二〇〇三年
斉藤茂太『なぜか「感じのいい人」ちょっとしたルール』三笠書房、二〇〇四年
斎藤茂太『「なぜか人に好かれる人」の共通点』ＰＨＰ研究所、二〇〇四年
斎藤茂太『人間的魅力の育て方』三笠書房、一九九五年
瀬戸謙介『子供が喜ぶ論語』致知出版社、二〇一〇年
長島正博・長島美稚子『内観で〈自分〉と出会う』春秋社、二〇〇一年
中野東禅『人生の問題がすっと解決する名僧の一言』三笠書房、二〇〇七年
中村天風『叡智のひびき』講談社、一九九五年
中村天風『真理のひびき』講談社、一九九六年
中村文昭『お金でなく、人のご縁ででっかく生きろ！』サンマーク出版、二〇〇三年
中村文昭『人生の「師匠」をつくれ！』サンマーク出版、二〇〇八年
中村文昭『「話し方」ひとつで、人生はでっかく変わる！』サンマーク出版、二〇一一年
中村文昭・大嶋啓介『僕たちの〝夢のつかみ方〟をすべて語ろう！』学習研究社、二〇〇八年

中村文昭『履歴書には書けへんけどじつは一番大事なのは人間力や！』海竜社、二〇一二年
藤尾秀昭『人生の大則』致知出版社、二〇一四年
藤尾秀昭『小さな人生論』到知出版社、二〇〇三年
藤尾秀昭『小さな人生論2』到知出版社、二〇〇五年
藤尾秀昭『小さな人生論3』到知出版社、二〇〇七年
藤尾秀昭『小さな人生論4』到知出版社、二〇〇九年
藤尾秀昭『小さな人生論5』到知出版社、二〇一二年
藤平光一『氣の呼吸法――全身に酸素を送り治癒力を高める』幻冬舎、二〇〇五年
松下幸之助『素直な心になるために』PHP研究所、二〇〇四年
三木善彦ほか『内観療法』ミネルヴァ書房、二〇〇七年
三木善彦・三木潤子『内観ワーク』二見書房、一九九八年
森信三『修身教授録』致知出版社、一九八九年
森信三ほか『現代の覚者たち』到知出版社、一九八八年
森信三『人生二度なし』致知出版社、一九九八年
守屋洋『中国古典一日一言』PHP研究所、一九八七年
諸橋轍次『論語の講義』大修館書店、一九七三年
安岡正篤『いかに生くべきか』到知出版社、二〇一一年
安岡正篤『安岡正篤一日一言』到知出版社、二〇〇六年

安岡正篤『活学講座』到知出版社、二〇一〇年
依田紀基『プロ棋士の思考術』PHP研究所、二〇一四年
D・カーネギー『道は開ける』香山晶訳、創元社、一九九九年
D・カーネギー『人を動かす』山口博訳、創元社、一九九九年
アーサー・ペル『自己を伸ばす―カーネギー・トレーニング』香山晶訳、創元社、二〇〇〇年

■著者プロフィール

新野　順（にいの・じゅん）

1957年生まれ。1983年長崎大学医学部卒業後、長崎大学付属病院放射線科入局。同病院及び関連病院勤務を経て、1990年大隅鹿屋病院就職。2002年より鹿児島徳洲会病院勤務、放射線科医長。趣味はピアノ、音楽鑑賞、囲碁、旅、ブログ（dougamoriの航海日記）。現在は致知出版社の月刊誌「致知」愛読者の会である、薩摩隼人木鶏クラブの一員として、自己研鑽に励んでいる。塔短歌会会員。

住所　〒890-0056 鹿児島市下荒田1－38－3－505
メールアドレス　jumbo@gaea.ocn.ne.jp

豊かに生きる
——短歌で語る人生論

二〇一六年五月一〇日　第一刷発行

著　者　新野　順
発行者　川畑善博
発行所　株式会社 ラグーナ出版
〒八九二－〇八四七
鹿児島市西千石町三－二六－三F
電話　〇九九－二一九－九七五〇
URL http://www.lagunapublishing.co.jp/
e-mail info@lagunapublishing.co.jp

印刷・製本　有限会社創文社印刷
定価はカバーに表示しています
乱丁・落丁はお取り替えします
ISBN978-4-904380-49-9　C0092